沖縄を撃つ！

花村萬月
Hanamura Mangetsu

a pilot of wisdom

目次

本書は、「すばる」（集英社）に、二〇〇四年八月号から二〇〇七年一月号まで連載した「沖縄紀行」に加筆訂正したものです。

第一章　さあ、飛行機に乗ろう

　生まれて初めて飛行機に乗ったとき、私は愕然《がくぜん》とした。いや、愕然は大げさだ。呆気《あっけ》にとられた、くらいだろうか。

　とにかく子供心に『なんと貧乏臭い乗り物だろう』と、しょんぼりしてしまった。少々拗《す》ねた気持ちにもなって、同行していた女性に『吊革の客はどこにいるの？』と尋ねもした、というのは嘘ですが、席に座れるというだけで、満員電車となんら変わりないという悲しき現実に直面させられた花村少年でした。

　これは父に連れていかれた洋書店などで立ち読み（正確には立ち見だ）した雑誌などの広告で、海外航空会社のファーストクラスの光景、そのどこか孔雀《くじゃく》の羽じみた色彩の機内食や紅毛碧眼《へきがん》のスチュワーデスなどの写真が脳裏にこびりついてしまっていて、まさかあのようなバタリー（多段式鶏舎という名の養鶏場の檻《おり》のことです）じみた客室を目《ま》の当たりにし、そこに押し込められるとは思ってもいなかったからでした。

東京から沖縄に行くには大島運輸（現・マルエーフェリー）のフェリーに乗るという手もあるけれど、夕方五時に有明埠頭《ふとう》から船に乗って三日目の午後一時に那覇は安謝《あじゃ》の新港に着くという船旅は、よほど時間に余裕がないとむずかしい。

いちどは私も一等個室でのんびり船旅を愉《たの》しんでみたいとも思うのですが、往復で六日はちょっとつらいです。もっとも二等の雑魚寝《ざこね》なら二万二千円（現・二万三千五百円）の船賃だから、時間に余裕のある学生などはどんどん利用すればいい。雑魚寝なら知り合いもたくさんできるし、浮いたお金で真栄原《まえはら》で女の子のおなかのなかを探検する、なんていうのはどうですか。

釈明しておけば、私は最近、ダニに過敏な軟弱者に成りさがったので、カーペット敷きに雑魚寝は勘弁してください、といったところなのです。じつは銀座の老舗《しにせ》の某文壇バーでも必ずダニに嚙《かじ》られる。年季の入った椅子にたくさん棲息《せいそく》なさっているのだな。だから帰宅してから軀《からだじゅう》中を掻《か》きむしって身悶《もだ》えしてしまうので、そこには近寄らなくなったんだ。高い金を取るんだ。せめてバルサン、焚《た》けよ！

ダニのいない環境なんてありえないのだろうけれど、程度問題ですね。そんなわけで貧乏臭く悲しくなる乗り物、飛行機に乗って沖縄に出向くわけだ。

ところであなたはクレジットカードをお持ちでしょうか。その色は何色ですか。白金がいちばんだと思っていたら、黒いものまであるらしい。私は東京三菱という金貸しが頼みもしないのに持ってきてくれた金色です。この金色があると羽田空港などでは、庶民たちには入場不可のエアポートラウンジなるフロアで飛行機待ちをしているあいだのんびりできるという寸法だ。

けれど——。

俺もちっとは偉くなったもんだわいと喜び勇んで足を踏み入れて、ふたたび私はしょんぼりしてしまったのです。ソフトドリンクが無料という特典も情けないが、そして自分のことを棚上げしておいてあえて言い切ってしまうが、このラウンジで得意げな顔つきをしている奴がいるのが情けない。この程度の階級差では、やはり貧乏感が拭えない。この強烈に浮わついた貧困の気配は、いったい何からもたらされるものなのだろうか。

強引に決めつければ、たぶん民主主義といったあたりなのだろうが、じつは高貴も下賤《げせん》も、金持ちも貧乏も、所詮《しょせん》は飯食って糞をするといったあたりの動物感のようなものに帰結するような気がしてならない。飯食って糞をするといった気配は、気取って隠蔽《いんぺい》しようとすればするほど匂いたつものだ。なぜかラウンジで得意げな顔をしている紳士諸君ほどうんこ臭いのである。しかもその便臭ときたら複雑に酸っぱい場合さえある。

沖縄の人は怒るかもしれないが、沖縄という土地は最初からうんこ臭い。これはアジアの伝統でもあると思うのですが、沖縄はうんこ臭いことを肯定するところから成り立っている土地であると断言してしまおう。日本国のほとんどが、この、うんこ臭い気配を誤魔化すことに邁《まい》進《しん》して気取って転んで傷をつくっているにもかかわらず、沖縄は糞をすれば臭うのは当たり前でしょうと笑う。

其《そ》れは扨措《さてお》き――。

世の中には文明人じゃねえ、文化人と称する（自称含む）人々がそれなりの数、棲息している。精神的な生活をしていると自負している高貴なるうんこたれ、いや愚か者の群れですね。

こういった方々のなかにも沖縄にあれこれ意味を見いだして象徴的に扱ったり、あるいは沖縄の庶民に限りない慈愛の眼差《まなざ》しを注いだりする文化人がいらっしゃる。ひと頃、テレビの某ニュースキャスターが悪目立ちしていて、とても気分が悪かった。まあ、このニュースキャスターにかぎらず、たとえば沖縄を題材にして飯を喰おうと企む沖縄生まれではない小説家なども、じつは当の沖縄に棲息する地元文化人と微妙に利害関係が一致するところがあるらしく、それはそれである種の経済行為として成立するのでしょう。私ごときがよけいな口出しをすることではない。

ところで国内線の飛行機にはビジネスシートなる一等席がある。ファーストクラスがあるのだから、ビジネスは二等席か。ともあれエコノミーのバタリーよりは多少は広い。先に書いたラウンジと同様、経済的な貧困とはまた別種の独特の貧乏臭を放っている座席だが、さて、かのニュースキャスター様はビジネス、エコノミー、どちらの座席で沖縄にいらっしゃるのだろうか。

べつにニュースキャスターだけでなく、この駄文を書いている小説家某も飛行機に乗って沖縄に行く。以前は主目的として人買い、女を買いに出かけたのだが、最近はそれにも飽き果てて『道を歩いていれば、絶対に見向きもしないような娘さんを、金を払ったがゆえに努力して努力する。これ即ち女の又の力と書いて努力じゃぁぁ……。つまり私、異性に対する好き嫌いをなくす修行を続けてまいりましたが、過日ついにその修行も終えました。もはや拙者、免許皆伝でござる』などと傲慢《ごうまん》なことをほざいている次第です。

沖縄における人買いは、じつは最重要といっていいテーマであるから、また別の機会に詳述することとしますが、私がとても気になるのは、沖縄を愛する文化人の方々、それもある程度の経済力があり、なおかつある程度名の知れた方々は、飛行機なる途中下車さえ満足にできない貧乏な乗り物の貧乏な空港の貧乏なラウンジで無料で供されるソフトなるドリンクを玩味《がんみ》してビジネスシートなる意味不明な二等席に座って琉球入りなさるのであろうか、ということなのです。

もちろん自分の金、あるいは出版社などの紐付きでビジネスシートに座るのは法的にはなんら問題はない。ケチのつけようがない。けれど倫理的に、いや感情的に問題がある。少なくとも私にとっては、そうである。せめて偉そうな御託宣をたれる前にさりげなく、あるいは居直り気味に明かして欲しいのだ。エコノミー、ビジネス、どちらで沖縄入りするのかを。

私は楽をしたいからほとんどの場合、自腹でビジネスに座る。もちろん出版社が出してくれるというなら突っ張らずに世話になる。こんな精神的に貧乏な座席に座っていて、沖縄の底辺のあれやこれやなど書く資格がないよな、という自覚のもとに、エコノミーに座る有象無象を横目で見て『ああ、五月蝿《うるさ》そうだ――心は貧乏なれど、こっちに座って正解正解』などと胸中で呟《つぶや》いてシートを倒し、沖縄県は那覇空港に降り立つ。

問題にしているのは、無意識のうちに、当然のようにビジネスシートに座って沖縄入りして、庶民について語るといったうそ寒いことをしていないか？　ということだ。文化人と称する貴方は、いったいどれくらいの羞恥《しゅうち》心をもっていらっしゃるのか？　ということである。

私はナイーブすぎるのだろうか。無様だろうか。私だって高みから見おろしてあれやこれやを語りたい。けれど所詮は中卒、肉体労働以外に職業選択の自由がなかった哀れな自尊心である。つまり見おろされる側が長かったので、文章などを書いてちやほやされるようになっても、なかなか自然に世界を俯瞰《ふかん》することができないのだ。

ゆえに、この文章を書くにあたって偽悪を意識することとした。美文名文の類《たぐい》はもとより薄気味悪い。かといって露悪にまで陥るのも精神的安定を欠いている証左にすぎず、それではせめて偽善を排除しましょうというあたりでまとめあげていくことに決めた。じっさいにここらあたりまできたら、ですます調にもほころびがみえて、文体が変化してしまった。ま、この程度ということなのだ。

ひょっとしたら、私がこういったことをいくら認《したた》めても、ラウンジ？　ビジネス？　それがどうしたの？　わけがわからん――という方がいるかもしれない。それはそれでいっそ清々《すがすが》しいのである。

問題は一読、即座に理解できてしまう輩《やから》である。頭だけで理解できてしまうと補足すべきかもしれないが、頭の程良《ほどよ》い人はバカと同様に始末におえないのだ。頭の程良い人ときたら、眉《み》間《けん》に縦皺《たてじわ》を刻んで、どんなに口を酸っぱくして指摘しても、自分が小賢《こざか》しい阿呆《あほう》であることに気付かないのだから。

沖縄はとてもいいところだ。でも、住んでいる人間は、そうでもない。東京に住んでいる人間がたいしたものでないのと同様に、沖縄の人間もたいしたものではない。守礼の国のヤクザ者の残酷さは超越的だし、観光客を乗せると遠回りするタクシー運転手も多い。これらは沖縄、日本にかぎらず世界中で同様の事柄ではないか。アウトローは残酷さで飯を喰い、運転手は遠回りで煙草銭を稼ぐ。

沖縄が好きだと身悶《みもだ》えする沖縄に生まれ育った沖縄県民にあれこれ言うつもりはない。郷土愛に微妙なナショナリズムの気配まで絡まって、愛憎が過剰になるのも当然であると思う。ところが沖縄が好きだというよそ者のなかには、なにやら宗教的陶酔を漂わす者さえあって、その熱に寒気を覚えるのは私だけではあるまい。

沖縄ブームといわれて久しい。当の沖縄県民をさしおいて、ヤマトンチューというのだろうか、私は沖縄県民ではないからヤマトンチューと口にするのも書くことにも抵抗があるので面倒臭いから日本人とするけれど、とにかく沖縄県民以外の日本人のあいだで沖縄といえばある種の楽園のようなイメージさえあるようだ。

けれどいつのころからか、あれはブームではなくてバブルであるという言辞も聞かれるようになった。沖縄バブルというわけだ。弾《はじ》けるのは時間の問題であるという醒《さ》めた見方である。

意地の悪い見方をすれば、沖縄を過剰にもちあげる日本人のなかには負け組とおぼしき者が散見できる。競争から脱落した者たちである。もちあげるだけでなく、移住と称して沖縄に移り住む者も多いらしい。

勘弁してください。移住はやめましょう。沖縄が日本国のなかの一県ならば、たとえ海を越えるのであっても引っ越しでしょう。日本人なら日本のどこに住むのも自由です。だからこそ、沖縄を特別扱いして自分の聖域として幻想を押しつけることだけは慎まなければならない。断言してやろう。東京で駄目な貴方は、沖縄に移住しても駄目だ。

せめて貴方もビジネスシートにふんぞり返って、現地（沖縄）でちやほやされながら、しっかりと稼ぐ文化人並みに強《したた》かにならないと、どこに住んでも脱落していくことを請け合います。

沖縄にはあくせくした競争がないという幻想自体が、沖縄に対する絶望的な差別の一形態なのである。

第二章　ドリフト、ドリドリ、瀬長島（1）

さあ、那覇空港に着陸した。機内からボーディング・ブリッジに移ったとたんに感じるのが熱気と湿気がこんがらかった独特の空気だ。沖縄に着いたなあと肌が確信し、肩から力が抜ける瞬間だ。

どういうわけかボーディング・ブリッジをしばらく行くと、二十代の初めごろ、快晴の西鹿児島駅に降り立った瞬間のことが必ず脳裏をよぎる。東京はすっかり秋めいていたのだが、鹿児島の陽射《ひざ》しは針のように私の肌を刺し貫いた。ほんとうに陽射しが針のように感じられたのだ。それも、畳針――。夜行列車だったので寝不足でもあり、日向《ひなた》にでたとたんに世界が反転し、くらっときたのだが、その強烈さがいっそ清々しかった。

那覇空港では西鹿児島駅のように突き抜けた青空に刺し貫かれたことがない。青空自体は突き抜けていても、空港をでるまでの時間の長さが緩衝となって目や軀《からだ》が慣らされてしまうのかもしれない。それに私が二十代のころの駅は、それほど明るくなかった。いきなり日陰から駅前のだだっ広い広場に抛《ほう》りだされれば、目眩《めまい》もおきる。

沖縄は平均して暑いけれど、どうも温度自体は極端に上昇することもないようだ。途轍《とてつ》もなく暑いというイメージがあるけれど、亜熱帯性海洋気候であることを勘案すれば当然のことなのだろう。沖縄よりもフェーン現象のおきた新潟の夜のほうがよほど寝苦しい。新潟競馬場に遊びに行った日の夜、銀行の温度計が三十四度を示していたのをいまでも思い出す。秋田は象潟《きさかた》で野宿していた夏、幾度も寝返りをうちながらフェーンとは風炎と書くのかもしれない、と、うんざりしたこともある。

本書の最後で触れるから詳述は避けるが、私は、那覇は某所のホームレスと一週間ほどアウトドア・ライフを送ったことがある。たしかに昼間の海岸は尋常でない陽射しであった。けれど暮れてしまえば案外すごしやすいものだ。

ところで私は那覇空港をでたとたんに、ロサンジェルスの空港をでたときと同様の空気の臭い、大気汚染の気配、排ガスの臭いを感じるのだが、現実はどうなのだろう。どこの空港でもタクシーが停まっていて客待ちの列をつくっているのだから、排ガスの臭いはあたりまえのことなのかもしれない。羽田空港は那覇空港ほど温度が高くないので排ガス臭が気にならないとも思えるのだ。

大気汚染はともかく、那覇空港は自衛隊との共同使用のせいで日本でもっとも危険な空港であるという。自衛隊機の緊急離発着などによるニアミスは多いそうだが、事故の有無は知らない。調べる気もない。操縦士も危ない交差点であることを知り抜いているであろうから、注意深く進入するのだと思う。もちろん注意しようが気を配ろうが確率的に危ない交差点であることに変わりはないのだが。

私は取材旅行であっても筆記用具さえもっていかない純粋かつ徹底した手ぶら原理主義者である。だいたい国内旅行で着替えだなんだと大量に詰めこむ者の気がしれない。必要になったら現地調達すればいいだけのこと。不要になったものは宅配便で送り返してしまえばいいだけのことだ。しかし私の常識は他人にとっては非常識というわけで、筆記用具をもたぬ物書きとは何者だと呆《あき》れられ、軽侮されたこともある。そこで、一応はそれなりに荷物をもっている旅行者を念頭において書きすすめよう。

観光旅行ならばタクシーなりモノレールなりに乗って、あるいはレンタカーを借りて空港からホテルにむかうところだろう。大量の荷物を抱えているならホテルに荷物を投げ込みにいかなければならないだろうから仕方がないけれど、レンタカーならば空港から瀬長《せなが》島を目指してみよう。なにしろ那覇空港と陸続きの島なのだ。ただし滑走路の延長上にあるのだが、空港から直接島にわたることはできない。国道三三一号線小禄《おろく》バイパスにでて南下、豊見城《とみぐすく》市瀬長の交差点で右折、島は海中道路でつながっているから車で乗り入れることができる。

瀬長島は那覇空港の南側にある周囲一・五キロほどの無人島だ。滑走路の延長がそのまま島とつながっているくらいだから、航空マニアにはこたえられないだろう。JAL、ANA、日本トランスオーシャン航空（JTA）、琉球エアーコミューター（RAC）等の民間機だけでなくファントムなどの自衛隊機、海上保安庁の機体も間近に拝める。なにしろ頭上ぎりぎりを抜けていくのでジャンボの離発着に出遭うと、大迫力だ。

もっとも私は航空機のエンジン（しかも reciprocating）に興味はあっても、飛行機自体を見学する趣味はないので、飛行機目当てに瀬長島にでかけたことはない。また場所的にはなかなかよいところであるが、航空機騒音は尋常ではない。無人島であるわけだ。ちなみに最終便は二〇時半くらいだったはずだが、東シナ海越しの空港の夜景はなかなかに美しい。ゆえにアベックの名所である。車中から夜景を愛《め》で、彼女を愛でるわけである。

沖縄の海は美しい。

事実だ。

けれど、瀬長島周辺の海は、臭い。汚い。航空写真で上空からの瀬長島を眺めると、珊瑚礁に囲まれているようなのだが、とりわけ海中道路周辺はゴミだらけだ。沖縄の某離島で島のお婆ちゃんがあたりまえのような顔をしてありとあらゆる生活ゴミ（不燃物を含む）を平然と透明度抜群の海に棄てているところを目撃したことがあるが、瀬長島ではあきらかに不法投棄と思われる粗大ゴミに出くわすこともある。

べつに沖縄だけが突出しているわけではなく、日本列島のどこに行っても人はゴミを棄てる。

ゴミが出てしまうのだから、棄てなければならないのは当然のことだ。問題は棄てる場所であるが、私はオートバイによる野宿旅が趣味だった時期が長いので、ゴミの不法投棄には詳しい。私は旅館やホテルの人間とも口をききたくない人間嫌いなのである。だから野宿をするのだ。誰もいない山中や海岸などが私の寝場所だが、あるころから人目を避けるために苦労して寝場所を見つけると、そこには先客であるゴミが山積み、あるいは崖などの斜面に沿って点々と散乱しているという情況に出くわすようになった。人嫌いとゴミ棄ては期せずして同じ場所を求めるらしい。

瀬長島は、関東でいえば江の島を思ってもらえばいいかもしれない。島の大きさは半分以下だが陸続きである点も汚さも似たようなものだ。やはり沖縄にあるから、汚さが突出して感じられてしまうという不幸もあるだろう。私はべつに自然保護云々を口ばしる気もない。それはゴミは棄てないほうがいいですよ。あたりまえじゃないですか。でも安全保障のゴミである在日米軍をたっぷり押しつけておいて、あれこれ意見する気にもなれません。うん。見事な（しかもチープな）論理のすり替えだ。沖縄県民は、ゴミを棄てないように。私も注意する（←熱意に欠ける）。

悪ぶらないで、はっきりさせておこう。私はゴミを棄てない。棄てられない、と言ったほうが正しいかもしれない。キリスト教カトリックには〈神が見ている〉という標語がある。誰も見ていなくたって、神はおまえを見ているというわけで、思春期をカトリックの福祉施設内で育った私は、誰も見ていないときに誰よりも道徳的に振る舞う。誰かと歩いているときは路上に痰《たん》を吐くくせに、誰かと歩いていようが独りであろうがゴミは棄てられない。これはこれで、なんだか不細工なものである。

けれど、これこそがリアルな倫理の萌芽であるような気もする。こういった気持ち、感情レベルに近い規制を自然保護であるとかの御大層で偽善的な括《くく》りでまとめあげてしまったとたんに、本質的な倫理の喪失に至るのである。問題はあくまでも個にある。

でも莫迦《ばか》には、こういう事柄をいくら嚙《か》み砕いて説明しても理解されないということも身に沁みているから、薄ら笑いを泛《うか》べてとぼけさせていただく。知識の総量と哲学する心にはなんら相関関係がないという事実を指摘しておくにとどめておく。前章に書いた、頭の程良い人は相手にしません。試験秀才（しかも、そこそこ）の貴君はせいぜい自然保護にでも励んでくれ。

生活ゴミを棄てていたお婆ちゃんは、悪いことをしているという意識は全くないようだった。つまり、あたりまえのことをしているのである。ゴミは海にかえしてやれば魚の餌《えさ》になる。そして、それが通用した時代もあった。お婆ちゃんはそんな時代を生きてきて、いまに至ったわけだ。

さて、瀬長島のようなどちらかというと見所のあまりない汚い島をわざわざ紹介したのは、じつは夜になると、米兵を含めた若い衆が続々と集まってきたからである。

集まってきた、と過去形なのは、数年前に訪れたら路面がゼブラ模様に塗りわけられてデコボコになっていたからだ。こんな道路にされてしまってはお仕舞いだと思う。行政も非道《ひど》いことをするものである。少なくとも十年くらい前は、この島は、沖縄県在住の自動車操縦自慢の若い衆の溜まり場であった。いまは見る影もないが、いちどはこの島を訪れて、往時に思いを馳《は》せていただきたい。想像力で旅をしてほしい。

さて、レンタカーは瀬長島にはいった。島の外周をまわる道が左にあるが、無視して道なり、するとふたたび左に折れる道があらわれる。これが目当ての瀬長島の背骨を辿《たど》る道で、まずはゆるい左カーブの登りだ。以前のままの舗装面であるならば、私は以下のような事柄を得意げに書き綴って、自動車操縦の醍醐味《だいごみ》を味わってもらおうと考えていたのである。

——ここで腕に覚えのある方はもちろんのこと、自動車の運転がうまくなりたいと考えている方はレンタカーを借りるときに前輪駆動ではなく、後輪駆動の自動車を借りて、ドリフトと呼ばれる自動車操縦技術を試してみよう（一台選べというなら、マツダのロードスターが最高だ）。コーナリングの最中、横Gのかかった状態で一瞬アクセルをもどす、直後一気にアクセルを踏み込むという手順を踏むと、リヤタイヤが流れだすのである。このとき、ステアリングを進行方向に切ったままだとオーバーステアに陥っているわけであるから、スピンしてしまう。だからカウンター、逆ハンを当てるわけだが、タイミングを誤れば、いわゆるタコ踊りという状態と相成り、皆の物笑いの種になる。もっともタコ踊りですめばめっけもので、くるりと華麗に回転してしまい、側壁にドッカーン！　ということもありえます。私は瀬長島のコーナーで貴方が事故をおこしても、なんの責任ももちません。自己責任で試してください――。

現在ではドリフトさせぬように、路面に無粋なペイントが施されてしまっているので、まったく無駄な文章なのだが、紀行文であることに立ち返って、過去のガソリンとオイルとタイヤのゴムの焼ける臭いに充ちた深夜の祝祭について、を、見たとおりに、感じたままに記しておこう。

この瀬長島の背骨を登って下る道路は、まず前記の左コーナー、そして腕の見せ所である急なヘアピンの右コーナー、そして頂点に至る尾根道はカーブといえぬほどゆるい右、そして左、下りに至ると左、左と続く複合のコーナーで、島の外周道路に至って瀬長島ドリフトコースは終わる。

私がはじめてこのちいさな島を訪れた十数年前当時のドリフト小僧たちの熱気は凄《すご》かった。沖縄の若者だけでなく、米兵までもが参加して、それぞれが技を競っていた。ときどき未熟者がスピンして事故もおきたが、四輪ではなく、オートバイ、それも原付スクーターで後輪をドリフトさせ、華麗なるカウンターステアで収束させるテクニシャンもいた。

第三章　ドリフト、ドリドリ、瀬長島（2）

　私は水死体倶楽部というシュノーケリング専門のクラブを主宰している。ダイビングのような積極的なものではなく、海面にぼんやり浮かんで珊瑚礁に群れる魚を漠然と眺めやる、つまり人間クラゲを目指す消極的なクラブです。現在、会員は数名というみじめさですが、暖簾《のれん》分けを致しますから、シュノーケルが好きな人は勝手に（こんな縁起の悪い名前は嫌だろうけれど）水死体倶楽部を名乗ってかまいません。本書の第二十八章でも水死体倶楽部の微々たる活動に頁を割いています。誰も期待していないだろうけれど、乞う御期待。

　ところで珊瑚の美しさを目の当たりにしたことがありますか。なんだか愚問のような気もするが、私は、水死体倶楽部以前は十幾年ほども海に入っていなかったものだから、つい自分の基準で問いかけてしまった。

　水死体倶楽部の主目的は、消極的に珊瑚礁に群れる魚群を眺めるということに尽きるわけだが、私は珊瑚の破片でできた瀬長島《せなが》の砂に若干の疑問を抱いている。珊瑚が砕けて砂になるということもあるだろうが、ここの砂はまだ珊瑚の形状そのままで、人為的に砕かれたのではないだろうかと疑いたくなるようなかたちをしているのだ。

私の勝手な推測で話を進めてはならぬが、瀬長島の道路の舗装には、あきらかに珊瑚が使われている。砂の代わりに珊瑚の破片を用いて道路舗装をしたので、沖縄の道は滑るという話をよくきく。いまでは保護の対象である珊瑚も、海砂と同列の扱いを受けていた時代があったようだ。

ちなみにタクシー運転手に沖縄の道路のグリップの悪さについてを質問したところ、ブレーキがまったく利かないのと引き替えに、なんとタイヤが二十万キロも持ってしまうというのだが、ほんとうだろうか。業務用の車が長持ちするタイヤを履くのは当然のこととはいえ、二十万キロ——。私の聞き違いかもしれない。

とはいえ、この運転手も砂のかわりに珊瑚を用いて道路舗装をしたということを当然のことのように語った。沖縄という島ならではである。砂を探すよりも珊瑚のほうが手っ取り早かったのだ。けれど、それにしても瀬長島の道路は滑るのだ。試みに歩いてみたのだが、極端なことをいえば雪道並み、靴底さえ満足にグリップしなかったのである！

つまり珊瑚は道路舗装には適していない。凍結路ほどではないにしろ、珊瑚を主体に舗装すると、摩擦係数が呆《あき》れるくらいに低いのだ。最初はギザギザしているかもしれないけれど珊瑚は軟らかすぎる。すぐにタイヤなどに削られ、磨かれて、ツルツルになってしまう。

もちろん沖縄のすべての道がこの程度の摩擦係数しかなかったとしたら、恐ろしくて車など走らせることができないだろう。実際に走ってみて、国道県道を問わず総じて沖縄の道路のグリップがよくないことは身に沁《し》みているが、瀬長島サーキット（仮称）の舗装は、あまりにも特異なものだ。私の勝手な推理だが、おそらくは那覇空港をつくったときに大量の珊瑚礁を破壊したのではないか。その使い道のない珊瑚を粉砕して瀬長島の道路舗装に用いた。さらにあまったぶんは島の周辺の海中に棄てた。そういうことであれば島の砂が大雑把に砕かれた珊瑚であることにも合点がいく。

誤解してほしくないのは、私は珊瑚を保護しろと騒ぐ気など毛頭ないということだ。珊瑚で舗装すると滑って危ないといっているだけだ。東京に住み、ありとあらゆる利便を受けている私が余所《よそ》の土地の自然保護などを口ばしるのは図々しすぎる。水死体倶楽部としては珊瑚礁があったほうが愉しいけれど、島の人にしてみれば飛行場があったほうが有り難いかもしれない。

もちろん、そういった公共工事などに群がる腐り果てた政治屋や利権屋どもの存在もわかるが、私には環境屋とでもいうのか、自然保護を錦の御旗のように掲げている者どもも利権屋と同様に胡散臭《うさんくさ》く感じられてならない。自然が大切ならば、不自然な貴様が真っ先に消えてなくなれ――という子供じみた極論を投げかけて欠伸《あくび》でも嚙《か》み殺そう。貴方の脳味噌は所詮《しょせん》はグリーンピース大だもの。仕方がないよね。

私が支持するのは瀬長島のコーナーで、夜毎ドリフト走行にふけっていた小僧たちだった。彼らはガソリンを無駄遣いし、タイヤを空転させて青白い煙をあげ、タイムといった明確な基準さえもたず、臀《しり》を振りふりモンロー・ウォーク、見てくれの派手さだけに命をかけていた。そんな徒労の運転手たちの熱気の愚かさこそが私の胸を昂ぶらせ、なおかつ心の奥底を打ち据えたのだった。

だった——と過去形なのは、私も老眼に苛《いら》つくような歳になって、さすがに野放図な子供たちを可愛いとも思えなくなってきたからだ。最近の私は、外見だけは物わかりのよさそうな固《こ》陋《ろう》である。バカなガキどもに肩入れしてしまう自分を恥じてもいる。

私は取材に筆記用具さえもっていかぬが、それ故、取材と称して真っ先に沖縄の図書館に駆け込むような愚鈍ではない。そこにしかない情報は大切だが、先にやるべきことがある。たとえ過去の沖縄を描くにしろ、必須であるのは当時の資料よりも現在の沖縄の負のエネルギーとでもいうべきものだ。私が描きたいのは善悪ではなく人々の放つ気であり、その土地の空気なのだ。情報というものは汎用性を獲得してこそ情報として成り立つがゆえに、わざわざ沖縄にまで出かけなくても沖縄の情報は入手できる。情報はデータに過ぎず、場合によっては他人の意見に過ぎないという単純なことなのだが。

それにしても、初めて瀬長島を訪れた十数年前の夜の熱気は尋常でなかった。このとき私は角川書店編集長Sに誘われ、沖縄周遊の旅にでたのだが、最初にしたことはといえばレンタカー屋でメカニックとして働く目つきの鋭い若者に耳打ちして地元の悪ガキが集まる場所、暴走するところなどを訊《き》きあさり、役に立たない情報（これこそが小説の壺のようなものであるが）を大量に仕入れたのである。

　治外法権化した陸続きの無人島の夜を仕切っていたのは混血の青年だった。青地に黄色いバナナ模様の入った派手なアロハを着たフィリピン人のような顔をした男で、なぜ彼が瀬長島サーキットのドリフトを仕切っていたかといえば、そこで自動車の後輪を振りだす技巧を見せつけたがっていたのが日本人、いや沖縄人だけでなく、兵隊という名の最下層米国人も多々参加していたからである。つまり走る順序や事故の処理、さらには偶発、散発するいざこざ喧嘩のたぐいを収束させるためにも日米両国の言葉をしゃべれる通訳が必要だったのである。

　けれど、たとえば東京は木場で行われるゼロヨンのようにシステマチックな旗振り役までもが存在するわけではなく、混血の彼はあくまでも大雑把な調停役にすぎず、ガードレールに座して、侘《わ》びしく寂しい孤独な妖怪に似た姿を縮こめて、けれど生意気にロスマンズなぞ咥《くわ》えて気怠《けだる》げに青白い煙をたなびかせて星のない空を見やり、その間にも阿吽《あうん》の呼吸、いやルーズな成り行きで四つの車輪をもつ天翔《あまかけ》ることのできぬ陳腐なロケット群は沖縄弁でいうところのでーげーに発射され、テールランプの赤色をこれ見よがしに、夜の藍色に帯状に引っ張って滲《にじ》ませて、へたくそな者はサイドブレーキを引き、巧者はアクセルを微妙に操作して、瞬間、進行方向とは真逆に前輪を切れこませて大きく臀《しり》をふり、ロールして左右にぐわんぐわん揺すられ、ときに削れたタイヤのコールタールじみた破片を彼方にまで撒きちらし、焦げて溶けたタイヤを磨かれてつんつるてんの珊瑚舗装にこすりつけて黒々とした筋を刻みこみ、さらにゴムの灼《や》ける嘔吐《おうと》を催す悪臭をギャラリーどもに投げつけて、オーバーレブさせてしまったエンジンの大げさな金切り声を聴かせて未熟をさらけだし、ドナルド・ダックの脱糞場面のような無様な姿態を見せつけ、内燃機関独特の味も素っ気もない純粋な熱とガソリンの燃えかすの甘い香りだけを残しつつ、左コーナーの奥に吸いこまれていくのだ。

まったく、自動車のリヤタイヤを滑らすことのどこがおもしろいのか。なにが愉しいのか。こうして冷静に執筆していると奴らも、そしてそれを見学して呼吸を荒らげていた私も正気とは思えないのだが、実際にその場に在《あ》れば男ならば、たぶん血が騒ぐだろう。一トンから一トン半ほどの鉄の塊は、その胎内に性行為を模倣したエンジンという器官を仰々しく抱いて、精液のかわりにガソリンを膣のなかで爆裂させて常軌を逸した推進力を得て、黄色い猿も白い豚もいかに巧みに臀をふるか、その性的挑発、あるいは暴力的ではあっても疑似にすぎぬ覚醒剤を用いたかのような力まかせの性交に酔い痴れるのだ。

この原稿を書いているのは八月上旬の八ヶ岳山中、昨日光文社小説宝石編集長が遊びにきたので、私は彼を愛車の助手席に乗せ、県道四八〇号松原湖高原線の左中速コーナーで軽くテールを流してタイヤを削り、けれど昂ぶり以前に虚しさを覚えて、胸中では無茶をするにはやはり独りでなければ、と当然のことを考えつつ以降は淡々と屈曲路をこなしてドライブ終了、どう足搔《あが》いても瀬長島の熱狂に参加できぬ自分という文化人！　について、自嘲《じちよう》と軽侮と憐憫《れんびん》を抱いて帰路についたのだった。

その昔、こんな私でも、とりわけオートバイでカーブを切り取っている最中に、あるいは四輪ならば首都高速の初台のコーナーに一四〇キロほどで進入し、プアなタイヤが悲鳴をあげ、捩《よじ》れるのを聴きながら、他人事に似た不可解な至福に囚われ、うっとり呟《つぶや》いたものだ――死んじゃってもいいや。

若いころは死んでもいいと思えたのに、いまとなってはこんなチープな鉄の箱で死ぬなどまっぴらだと鼻梁に皺《しわ》を刻む。運転自体が大儀で、もっぱら他人まかせになって、私は助手席あるいはリヤシートがすっかり定位置になってしまった。

自動車やオートバイの操縦というものは、じつは遊園地の延長にすぎず、まさにガキの遊びである。重力変化や程よい眩暈《めまい》が愉しいのだから、くるくる回転する椅子に座って歓声をあげる幼稚園児並みだ。ただし自動車には非力な自分の力を超越的に拡大してくれる力があり、年間一万人ほどの死者を生みだしつつも、思春期前後にありがちな自己顕示に結びついて自分だけは大丈夫という奇妙な楽観主義に支えられ、小僧どもはアクセルを踏みつけ、疾駆する。ときどき大の大人も疾駆する。ブルーカラーの玩具と決めつけられぬところが自動車の微妙なところで、文化人だの知識人だのといった自称インテリまでもが安っぽい能書きを垂れるところが頰笑《ほほえ》ましくも鬱陶《うつとう》しい。自動車雑誌のなかには露骨な文学コンプレックスを滲《にじ》ませているものさえあって、そういうところが愉しくて私は四輪の雑誌を毎月購入するのだが。

ともあれ私はまちがいなく歳をとった。瀬長島に在った十数年前の当時、私は速度違反で免許を取り消されたまま取り直しをせず、無免許であった。免許はないが運転技術はあるという微妙な境遇で、私がなにをしたのかについては書く必要もないだろうが、同行した角川書店Sは文芸編集者のなかでも唯一、ドリフト走行のできる男であることを保証する。自動車雑誌編集者ならばそれくらいの芸を見せることができぬと商売にならないだろうが、良い悪いはともかく実践のともなう文芸編集者は強い。もちろん私は実践をカント的な意味で用いているのだが、それはさておき当時の記憶を彷徨《さまよ》ってもなんら昂ぶることのない私は、たしかに歳をとった。

第四章　ドリフト、ドリドリ、瀬長島（3）

瀬長島《せなが》を訪れたあと、私はしばらくのあいだ床に就くと必ず夢を見た。夢の話は退屈で鬱陶《うっとう》しいものだが、ごく短いので付き合ってください。

さて夢だが――。

RX－7かなにかだろう。レシプロ好きの私を嘲笑《あざわら》うかのように別形式のエンジン音を轟《とどろ》かせて瀬長島のコーナーに綺麗なドリフトをきめたまま消え去って、熱気が最高潮に達する。皆、汗でてらてらした顔をしている。ほとんどが琉球顔とでもいえばいいか、とても濃い顔をした人々で、しかしもっとも昂ぶっているのは米国人たちだ。そんなさなか、ドリフトに参加していたまだ稚《おさな》さの残る米兵が四五口径を夜にむけてぶっ放す。連射する。黒く濁った虚空に鮮やかなオレンジ色の筋が幾条にも交差し、疾《はし》る。

――それだけだ。けれど、私はその夢があまりにリアルなので、知人に瀬長島のドリフトのことを語ったときに、感極まった米兵が拳銃を夜空にむけて連射した、と口ばしってしまったことがある。

嘘をつくつもりはなかったのだ。そのときは本気で語っていた。私には沖縄を舞台にして六百枚ほど書いて拋《ほう》りだしている〈針《ニードルス》〉という作品があって、この作品のなかに夢の光景、昂奮した米兵が拳銃を撃つ場面を書くつもりだった。夢と仕事に対する希求とでもいうべきものが混淆《こんこう》して、私の内側ではいつのまにやら米兵四五口径乱射が事実のようなことに相成ってしまっていたようだ。

それはともかく、この瀬長島だが、毒ガスの島として一部では有名である。実際に毒ガスが貯蔵されていたのかどうかは判然としないが、一九七七年に沖縄県に返還されるまで米軍弾薬貯蔵庫として周囲を金網で囲まれていたという。

その当時の瀬長島のフェンスの内側には無数の山羊が放し飼いにされていたそうだ。なぜ山羊かといえばCS、あるいは白燐系WPといった毒ガスが万が一洩れだしたときのためだという。真っ先に山羊が死ぬ、ということらしい。

私にこの話を教えてくれた初老の男は、山羊は鼻がいいから毒ガスが洩れれば騒ぐとも言っていたが、どうだろう。山羊の鼻が毒ガスセンサーというのはあまり実用的ではないのではないか。

ともあれ白燐系WPといった具体名を挙げられたせいか、なんとなく私は瀬長島が毒ガスの島であったと決めつけてしまっているようなところがある。

私は食わず嫌いというか、なんとなく避けてしまっていたのだが、現在の瀬長島はパーラーのタコスピザがおいしいそうだ。それと以前にも書いたが那覇空港に着陸する飛行機を見物するのが航空マニアの密かな人気を集めている。

あえて沖縄の人々にとって頭の痛いことを書いておけば、いまや瀬長島は愛玩動物の棄て場と化している。棄て犬、棄て猫の島になっているのだ。数年前に噂を聞いて、確認しにいって、少々呆《あき》れかえってしまった。島内を歩きまわって、目視しただけでもおおよそ二十頭強の犬が棄てられていた。猫に至っては、もう数える気をなくした。棄てられたくせに私にすりよってくる痩《や》せ細ったビーグル犬の切ない姿がいまでも脳裏にありありと泛《うか》ぶ。これもゴミの不法投棄と同様、日本全国で見受けられることではあるが、あまり気分のよいものではない。

犬猫は人間の嗜《し》好《こう》に応じてつくりだされた畸《き》形《けい》である。人の都合によって作出された玩具なのだ。愛玩動物というネーミングはそのあたりの機微を図らずもあらわしている。あえて極端なことを言わせてもらおう。——飼った以上、棄てるくらいなら殺して埋めるか、余さず喰え。

感覚に頼ってこういうことを書いてはまずいかもしれないが、どうも沖縄本島には棄て犬棄て猫が多いような気がする。けれど、ここに経済格差などをもちだして弁護するふりをするのは、沖縄県民に対するほとんど悪意にちかい愚《ぐ》弄《ろう》です。動物を愛玩することと収入の多寡はなんの関係もない。弱者を引き受けた以上、自分の食事を削ってでも面倒を見るのが筋でしょう。

そうする自信がないならば、飼ってはなりません。命に対してもてーげーなのは、かなり恥です。醜悪です。沖縄戦であなた方はいちど棄てられたのです。そこで、いまとなっては犬猫を棄てて憂さ晴らしですか。感情的な言辞を吐いて、ごめんなさい。人間という奴は度し難い生き物だなあと自分のことを棚にあげて憤った昨今の瀬長島でした。

さて、観光旅行客のあいだでも北谷《ちゃたん》の賑《にぎ》わいは当たり前のように語られるのだが、知らない方のために補足しておくと、アメリカはサンディエゴのシーポートビレッジをモデルにしたという一大ショッピングエリアが北谷の美浜《みはま》にある。美浜の巨大な輸入衣料品店で格安のTシャツを見繕うのも愉しいが、なんといっても私はその南側にあるジャスコでぼんやりとした時間をつぶすのが好きだ。暑さにやられてふらふらのときに飛び込むジャスコの冷房のなんと有り難いことよ。

日本中を野宿旅していたときに、心底から便利だと実感したのが、ジャスコやイトーヨーカ堂といった大型のショッピングセンターだ。品揃えが豊かで価格も納得でき、しかも品質にも満足がいく。

野宿旅における食料品などの買い出しにおいて、地方の商店には幾度かひどい目に遭わされたことがある。二度と顔を見せぬ余所《よそ》者だとわかると、平然と消費期限の過ぎた食品を売りつけたりするのだからたまらない。

鹿児島は大隅半島、内之浦のタバコ屋で店番のおばさんから探るような目つきで試し書きをしますかと尋ねられて、なぜそんなことを訊《き》くのかなと思いつつ、いいえと答えて買ったボールペンはボールが最初から壊れていて、一字も書けなかった。

貴方は腐った納豆を食べたことがありますか。納豆菌以外の細菌で熟成のすすんだ納豆は、ちょっと常軌を逸した刺激のある食べ物と化してしまいます。こんな代物を押しつけられてしまう私も間抜けだが、商人に対して性善説は通用しない（津軽半島は十三湖のA商店の婆さん、お前のことだ！）。紙幅に限りがあるからこれ以上の実例を申しあげぬが、これが私の体験で得た結論だ。

けれどジャスコなら、ゼロではないだろうが、そういうことは起こらない。生活に即した買い物をしたことのない知識人文化人の類は大型ショッピングセンターによる均質化がどうこうとノスタルジアだけでとぼけたことを吐《ぬ》かしかねないが、限られた金銭をやりくりしての野宿旅において、システマチックな大型店舗がどれだけ有り難いことか。

しかも人情ならばジャスコのレジのおばさんからほぼ必ずといっていいくらい受けているのだ。たいしたことではないが、頼めば快くレジ袋もいただけるし（野宿においてはレジ袋がとても役立つ）、私が旅人であるとわかると優しい言葉とともに割り箸《ばし》その他を必ず多めにサービスしてくれる。

おっと、美浜のことを書いているうちに大きく脱線してしまった。

とにかく美浜には大観覧車があり、複合した巨大映画館があり、リーズナブルな食べ物を供する、けれどすこしだけ気取ったレストランなどがあり、もちろん県外から訪れる価値のある輸入ファッションの店がたくさんあるし、海があり、公園があり、すこし離れているけれどハンビータウンがあり、少々ニュアンスが違うが骨汁の旨い食堂もある。しかも——米兵に女の子が強姦されてしまった巨大駐車場まであるのだ。

とにかくこのあたりは沖縄の若者たちが集まるショッピングエリアで、物欲を充たすと同時に昼夜を問わず彼と彼女が、まだ相手のいない者は未来の彼や彼女を求めて北谷にやってくるのである。

延々と北谷のことを書いてきたのは、県道二四号線に触れておこうと考えたからだ。この県道は国道三三〇号線と交わる山里三叉路からはじまって、国道五八号線の謝苅《じゃーがる》入口に至る。最初に山里三叉路から謝苅に至る道に走り屋がやってくるときいて、試みに走ったときは呆れ果ててしまった。

なぜなら中学校があり町役場があり郵便局があるという生活道路で、瀬長島のように無人ではないのだから、ここを暴走されては住民もたまらない。しかもコーナーが連続するといったって、カーブの頂点に枝道がわかれていたりする有様で、調子に乗って飛ばしていたら命が幾つあっても足りないというのが実感だった。

瀬長島のようにスピンして自爆するだけならともかく、この道路で無茶をすれば無関係な者を捲《ま》きこんで殺してしまうことは目に見えている。私自身は、走っていてまったく愉しくなかった。たいして長くないにもかかわらず山里三叉路から謝苅まで、おそらく十以上信号のある道路である。だから沖縄の若い衆の考えていることはよくわからんと小首をかしげたのだった。けれど、北谷のショッピングエリアが完成して、余所者の私はようやく気付かされた。沖縄の若者にとって謝苅入口の交差点を抜ければ北谷公園があり、その先には東シナ海が拡がるのだ。ショッピングエリアができる前から若者たちにとってはある解放区であり、そこに至る県道であったのだ。

瀬長島のように目を三角にして突っこむ禁欲的な暴走ではなく、ひょっとしたら出逢いもあるかも、といったナンパ目的なので、余所者の私のようになにもタイヤを軋《きし》ませるような走りなどしなくても、浮きうきした気持ちで連続するカーブを軽く流すだけで用が足りるのだ。

まあ、問題は出逢いがなくて振られるばかりの場合、帰路はかなり無茶な走りをしてしまいがちであることだろうか。

勝手な推測だが、商売の巧みな鼻のきくプランナーは、なんとなく若者が集まるような場所、もっと極端なことをいってしまえば、それこそ暴走小僧が好む道路の先にショッピングエリアを計画するのだろう。暴走小僧を五月蠅《うるさ》がっているようでは、商人失格なのである。

私が県道二四号線を走ったときは、美浜タウンリゾート・アメリカンビレッジはまだ計画の段階だった。だから現在の日本離れした巨大ショッピングタウンの光景を目の当たりにすると、感慨も一入《ひとしお》だ。栄枯盛衰もあろうが、ここに比べると国際通りなんぞは朽ちかけた遺跡のようなものに感じられる。もちろん遺跡には、遺跡のよさがあるが。

ほかに雑念を排してストイックに、本気で走りたい者のために記しておけば本島北部、それも太平洋側の県道七〇号線国頭《くにがみ》東線をあげておかねばならないだろう。交通量も少なく、路面のグリップも舗装が新しいせいか、まあまあだ。連続するコーナーは海沿いよりも山間のワインディングが愉しい。その気になればかなり速度が乗るが、事故が起きても救急車が到着するには相当時間がかかるだろうから、ほどほどに。

国頭東線は大型免許が教習所で取得できるようになってから一〇〇〇ccクラスのオートバイが途轍もない勢いで駆け抜けているが、四輪と比較にならぬ超越的動力性能を認めたうえで、あえて苦言を呈する。お願いだからハングオフして上体をセンターラインの内側にまで落とさないでくれ。

あれは四輪で走っていると避けるのにけっこう気を遣う。こっちもドリフト気味のときに貴君を避けるのは、かなり難しい。警告しておく。車体がセンターラインの内側にあるからいいというものではないぞ。ライダー諸氏よ、激突すれば、爆《は》ぜてしまうのは、キミだ。

第五章　ドリフト、ドリドリ、瀬長島（補遺のようなもの）

第三章で、タクシー運転手に沖縄の道路のグリップの悪さについてを質問したところ、ブレーキがまったく利かないのと引き替えに、なんとタイヤが二十万キロも持ってしまう——と書いた。

自分の性格が大雑把なのか細かいのかよくわからないのだが、なんとなく思い込みで書いてしまったような気がして落ち着かない。大げさなことをいえば、寝覚めが悪い。偉そうにメモは取らないなどと吐《ぬ》かしていたことのマイナス面である。そこで堅気というには微妙に無理がある那覇の友人に、タクシーに乗ったら、必ず運転手にタイヤの持ち具合を訊《き》いてくれと頼んでおいたところ、律儀に調べてくれた（悪い奴ではないのだが、不必要なところで凄む男なので、運転手はさぞ不快だったことだろう）。

それによると、タクシー運転手の証言を平均すると内地のタクシーにおけるタイヤは三万キロ程度、けれど沖縄であれば、おおむね十万キロほど持つとのことである。申し訳ありません。二十万キロは間違いでした。実際は半分ほどでした。ここに訂正させていただきます。ただし、内地のタクシーにおけるタイヤの持ちが三万キロ程度、というのは納得がいきません。もっと持つでしょう。でも、沖縄で十万キロというのは実走者の証言ですから、間違いないと思います。

さらに――。

私とあれこれ喋《しゃべ》り尽くした運転手は、当然のことのように砂のかわりに珊瑚を用いて道路舗装をしたと口にしたのだが、沖縄の道路のグリップが悪いのは、じつは珊瑚云々《うんぬん》よりも熱で溶けない特殊なアスファルトを用いているという側面のほうが大きいとの意見がかなりの数のタクシー運転手から聴けたというのである。

私は北海道開発局の監修になる〈とかちの国道〉をはじめとする道路舗装の実際を解説した大部の書籍等を秘匿している道路舗装技術マニアだが、沖縄の道路における熱の問題に思い至らずに珊瑚云々で短絡的に処理しようとした浅薄を恥じ入ります。珊瑚をもちだせば、いかにも沖縄っぽい。そんな調子で文章を書いてしまった自分がやや疎《うと》ましい。もっとも実際に沖縄県民から幾度となく舗装に珊瑚を用いているから滑るという自慢話？　を聴かされているので、なんとなく先入観をもってしまった。

ともあれ沖縄に出荷されているタイヤが特別に持ちを重視したものであるというわけではな

く、グリップの悪い道路のせいで否応《いやおう》なしにエコノミーと相成るというのは事実であるようです。

　怖いのは雨の日の急ブレーキだそうで、内地からやってきた者が内地の感覚でブレーキを踏むと間違いなく追突すると声を揃えたそうだ。ABS（アンチロック・ブレーキ・システム）が装着されている現在の車であっても制動距離が短くなるわけではないから気配りが必要だが、とりわけ古い車に乗るときは要注意ですね。

　十数年前に角川書店Sの運転で沖縄自動車道を走っていたとき、途轍《とてつ》もないスコールに出合った。俄雨《にわかあめ》、夕立、いろいろな言い方があるが、地に着きそうなほどに低く垂れこめた黒灰色の空と小指の先ほどもありそうな雨粒に驚嘆した。フロントガラスに爆《は》ぜる雨のせいで前方がほとんど見えず、ワイパーも完全に役立たずで、なにやら必死で水膜を掻《か》いているだけといった按配《あんばい》で、本土にはない烈しさが印象的だった。ここまで激烈な雨だと、高速道路とはいえ極端に速度を落とさざるをえない。

　ところが、雨の奴、あれほどの暴虐ぶりを誇っていたくせに、ふと気付くと、瞬間的に消滅していて、鬱憤《うっぷん》晴らしをするかのようにSはアクセルをあけた。高速道路であるから直線の延長のような大きなアールの右カーブだった。濡れているとはいえ、カーブのうちにはいらないといった印象をもっていたのだが、確かに後輪が流れていくのが臀《しり》に伝わって生唾を飲んだ。Sも神妙な面差しでアクセルをもどしたものだ。これも熱に強い舗装のせいだろうか。当然ながら陽射しに対する配慮は、高速道だろうが国道だろうが県道だろうがいっしょであるはずだ。

ともあれ沖縄を走るときには心の片隅にこれらのことを記憶しておいたほうがいいようです。

この話にはさらに続きがあって、沖縄の驟雨《しゅうう》の常で、やんでしまえば乾くのは早い。まして水分は高速走行している車のタイヤで弾かれ、その熱で乾燥させられていくわけで、路面はすっかりドライ、先ほどケツを振りだしかけたことも忘れて助手席の私はSを煽《あお》った。もっと、もっと、もっとよ、もっとスピードをだすのよ――。

オチですか。御推察のとおり、覆面パトカーに御用になりました。五十キロ強ほどオーバーしましたたか。しかしクレスタの面パトなんてはじめて見たぜ。そんな感じで、私は大笑い、警察官は「お愉しみのところをすみませんねー」という取締りにあるまじき科白《せりふ》を吐き、運転手だったSは苦々しく赤紙にサイン致したのでした。

小冊子だが、ちょっと面白い最新データを入手した。これは自動車雑誌の附録だったのでしょうか。保存状態が悪く、表紙が取れてしまって判然としないのだが今井亮一氏の〈交通取締りサバイバル読本〉から抜粋させていただきました。交通違反のお国自慢とでもいうべきものだが、速度違反が多いのはなんとなく察せられるとおり北海道で二十一万八千四百六十九件、全取締りの五十八パーセントを占める。二位は大阪、三位は東京。で、沖縄は速度違反が全国一少なく！　七千八件でした。駐車違反の取締りが多いのは、これも察しのとおり狭苦しい東京で、二位は大阪、三位は神奈川、一時停止違反が多いのは栃木県で、笑ってはいけないが信号無視は大阪が断トツの一位で、二位の北海道の倍以上。そして、有終の美を飾るのは飲酒運転ですが、全交通違反取締りのなかで飲酒運転が占める割合は全国平均で二・七二パーセントだが、なんと沖縄県は一三・三六パーセントと全国平均から突出して見事に一位でありました。速度はださないけれど酒は飲み放題という沖縄の運転事情がわかるデータでした。

実際に沖縄の道路を走っていて驚かされるのはセンターライン上を行き来するスクーターだ。東京などでも渋滞時、対向車線を走って距離を稼ぎ、対向車がくるとひょいともとの車線に潜りこむということをするけれど、沖縄の原チャリ共の悪怯《わるび》れるところのないおおっぴらさ加減には呆《あき》れてしまう。あんなスクーターを引っかけても、過失相殺などで責任を取らなければならないとしたら、たまらない。

原チャリで思い出したが、どうも沖縄はバイクや自転車を盗まれることが多いらしい。正直なところ坂の多い沖縄で自転車など漕いでいられないというのが私の本音だが、それはともかく、私の趣味がオートバイであることを知った沖縄の人が口を揃えて「沖縄はバイクやチャリンコがすぐになくなるさー」と注意を喚起するのだから、かなりひどいのだろう。けれど単独の場合は、本島にかぎらず原付で走ってちょうどの広さであるような気がする。あまり陽射しの強くない時期に、それでも意識して肌の露出の少ない服装で那覇から淡々と辺戸《へど》岬まで走るのは、その程良い疲労も含めてとても心地よいものだ。いまでもサトウキビ畑の合間を抜けていく自分の姿がありありと脳裏に泛《うか》ぶ。

オートバイで思い出したが、このあいだ海中道路で伊計島にわたったところ、ダートトラックのコースが造られていた。ダートトラックというのはアメリカで大人気のオートバイレースだが、ちょうど日本のギャンブルレースであるオートレースとよく似た形状の、けれどコースが舗装されているオートとちがって平坦な未舗装の泥道を後輪を滑らせ、派手に逆ハンを切って走るレースだ。走っていたのは改造レーサーでマフラーから吐きだされる排気音はかなりのものだったが、人口密度の低い島の先端である。文句のでるはずもなく、なんとも愉しそうだった。しばらく見守って私は嫉妬した。心底から羨ましかったのだ。

このダートトラックもアメリカから入りこんできたものだが、瀬長島のドリフトもどうやら米兵が率先して走りはじめたのではないか。いま思い返すと、ぶつけたドアだけ替えたせいで赤とシルバーの二色最中のような奇妙なＡＥ86をテールスライドさせていた米兵が〈頭文字《イニシャル》Ｄ〉を読んでいるはずもないだろうから、あの島のドリフト大会を仕切っていたのがアメリカ人であることは間違いないようだ。だだっ広い本国で好き放題遊んでいた米国人が、沖縄にやってきて、おなじことができる場所を求めて瀬長島を見いだした。そんな気がする。ただし沖縄は狭い。だから瀬長島のドリフトは見ているほうがハラハラするくらいに接近し、幾台も連なって尻振りダンスを踊るわけだが、その姿はカルガモの親子のようだった。

やはり沖縄は日本でいちばんアメリカに近い島なのだ。鉄道がないということも含めて〈過去の那覇の路面電車、そして軽便と呼ばれた県営鉄道などのことは把握しています。それどころか弾痕の残る糸満線の橋台跡も見にいったことがあります）、モータリゼーションこそが沖縄の大きな特徴であると感じているが、やはり良くも悪くも米国の影響を抜きに自動車主体の生活を語るわけにはいかないだろう。

しかし、なぜ、私は瀬長島に惹《ひ》かれるのだろう。十幾年も前の瀬長島の光景を、私は映像のかたちでなら、ありありと想い描くことができるのだ。海中道路をわたって右手にあらわれるカートファミリーランドは、いつも開店休業状態だった。深夜零時をすぎてもカートのコースには煌々《こうこう》と明かりがともっていて黄金色に照り映え、客を誘っているのだが、なにしろわざわざ金を払ってカートに乗り換えてドリフトをしなくても、自分の愛車でやりたい放題の島である。けれど、いまの私の心残りはゴーカートのステアリングを握らなかったことだ。入り口の看板には、チェッカーフラッグを背景に、カートのステアリングを握る少年の稚拙なマンガが描かれていて『コイツはスゴイゼ』と煽り文句が躍り、その下の入り口には、ブルーシールのアイスクリームを売るブースがあった。

死に急ぐな!!　暴走行為は・しない・させない・ゆるさない——そんな豊見城《とみぐすく》村（現・豊見城市）交通安全推進協議会と那覇警察署の立て看板が嫌な目立ちかたをしていた。たこ焼きとソフトクリームの屋台を載せたトラックは薄気味悪い桃色《ピンク》に塗られ、そこで売っているのもブルーシールだったが、当然ながら屋台のお姉さんと無駄口を叩いて食べるブルーシールのほうがカートファミリーランドのよりも旨く感じられ、つくづくカートファミリーランドは瀬長島で割を食っていたと若干の哀れさを催す今日この頃だ。死に急ぐな!! 暴走行為は・しない・させない・ゆるさない――という看板にいちばん切実な思いを込めていたのは、カートファミリーランドの経営者ではなかったか。

私は棄て犬、棄て猫の様子を確認しに出向いて以来、瀬長島を訪れていない。はじめて瀬長島を訪れた十数年前も、やたらと目立った犬や猫だったが、情況はますます悪くなっていて、なんだか近寄る気がしなくなってしまったのだ。瀬長島にはいつのまにやら野球場などが造られ、しかも道路にはドリフトをさせぬための処置がなされた。もう、用はない。

第六章　飯でも喰うか（1）

はじめる前は沖縄について雑感的なことを書くつもりだったのだが、連載時に紀行と名付けたとたんに伝聞憶測の類は書いてはならぬと自縄自縛に陥り、しかもその亀甲縛りを愉しんでいるマゾヒストの私があきらかに存在しているのだから処置なしである。眦《まなじり》決して約束する気はないが、とりあえず自分が見たこと、体験したことを書き綴っていこうと思う。微妙な不自由感もあるが、小賢しい観念を弄《もてあそ》ばずにすむぶん、そのほうがリアルだろう。なによりも正直だ。

と書いた舌の根も乾かぬうちに伝聞を。この原稿を書く前にネット配信のニュース（asahi.com）を漠然と眺めていたところ〈米軍属の男を強姦《ごうかん》容疑で再逮捕　沖縄県警、98年の事件〉というのがあった。見出しを一瞥《いちべつ》しただけなので事件の内容については書けません。事件自体に興味が湧かないのだから、どうしようもない。

こういう事件が無数にあるわけで、私はもはや不感症なのだ。誤解されるのを承知で書いてしまえば、沖縄の出来事は私にとって他人事で、だから諦めも早い。それはともかく比喩《ひゆ》的に書けば強姦してくるのはなにも米軍属ばかりでなく、以下引用――〈沖縄の人びとは、唐世《トウユウ》、大和世《ヤマトユウ》、アメリカ世《ユウ》、そしてまた再起なった日本世《ユウ》へと、幾度も世変わりを経験して、そのたびに支配者である三国の旦那様を持つ体験をさせられてきました〉上原栄子『辻の華』時事通信社刊――というわけで、沖縄県民に内向、あるいは内攻してしまったものはいかばかりのものかと沈んだ気分になってしまう。

ともあれ沖縄を楽園扱いする能天気な文章には飽きあきしていた。私に言わせれば過剰にもちあげるのも差別の一形態ではないか。だからこの連載では大好きな沖縄に苦言を呈するつもりだった。

けれど書店には沖縄の暗い部分にスポットを当てた書籍が散見できるようになり、作用反作用ではないが、そういった書籍は過剰に沖縄の暗部に照明を当てているようにも感じられる。そこで私は苦言を呈するために集めた種々の材料を引っこめ、基本的に自分が見たこと、体験したことを書くというスタンスを選択することにした。

私がもっとも好きな日本の土地は北海道と沖縄である。このふたつの土地には、自分でも幾度出かけたか判然としない。北と南、両端が好きなのは、やはりどこか日本離れしているというエキゾチシズムが根底にあるのかもしれない。所詮《しょせん》私は東京生まれの、しかも京都で暮らしたことのある日本人、ということだ。

けれど、それだけではない。北海道には日本離れした大陸的な景色がある。沖縄には独自の文化がある。もっともだ。でも、そんなことよりもなによりも、北と南の両端には、それぞれ日本という国家のもつ歪《ひず》みが象徴的に、しかも強く烈しく、あらわれているのである。この歪みに接したいがために私は沖縄と北海道を足繁く訪れているのではないか、とさえ思えるのだ。

私だって書きたくないし、あなたも読みたくもないだろうが歪みの最たるものに差別の問題がある。幕末から明治期の蝦夷《えぞ》地——北海道を描く〈私の庭〉という時代小説を執筆している。当然アイヌが登場するわけだが、連載をはじめてすぐに、ある団体から電話があった。電話口でサトウ（仮名）と名乗った男はなぜアイヌを書くのか、あなたの差別意識はどうなのか、北海道のことが、アイヌのことがわかっているのか、そういった抽象的なことばかりに終始してねちねちと絡んできた。

私はアイヌ（だけではないが）を登場させて、つまりアイヌを描いて幾ばくかの原稿料——金銭を得る。その自覚はある。だから、サトウという男の言葉にも丁寧《ていねい》に受け答えし、四十分ほど御高説に耳を傾けた。ただし平静ではいられなかった。こんな嫌みな人間がアイヌ民族を代表するスポークスマン的立場にあっては大変なことになる。実際に、私は電話の受け答えをしながら「いかに差別されてきたからとはいえ、ここまで人格が歪《ゆが》んでいるのはあんまりだ。サトウをアイヌの代表であると考えるのはやめておこう。あくまでも、これはサトウという個人の人格的問題であり、サトウ個人のパーソナリティでアイヌ全体を判断するようなことだけは避けなくてはならない」と。

もちろんこれは理性的な私で、感情的な私は破裂寸前だった。私が自作でアイヌの神経を逆《さか》撫《な》でする差別的表現を行ったならば、糾弾は当然である。差別される側はテロルを含めてすべての行動を起こす権利がある。これが私の基本的見解だ。けれどサトウのつけてきたイチャモンには、なんら具体性がないのだ。いわば私が未来に犯すかもしれない罪を勝手にでっちあげ、ひたすら糾弾して四十分、ようやく気のすんだらしいサトウに私は初めて自分の言葉、意見を発した。

「サトウさん。あなたは人間としておかしくはないか。あなたほど居丈高に、かつ傍若無人に振る舞う者はめずらしい。私は逆にあなたを糾弾したい。あなたのような固陋《ころう》な人間がアイヌ民族を代表していては、まずい。私だって相当に腹に据えかねているが、これでは誰だってアイヌを嫌いになる。疎《うと》ましく思う。あなたの強圧的な態度は私の内なる差別を助長するだけだ。あなたはアイヌとして、アイヌ全体のことを考えたとき、あなたの礼を失した態度がどういう結果を招くか考えたことがあるか」

「いえ、その、あの」

「なに」

「じつは」

「はっきり言いなさい」

「じつは、私、和人です」

私はいまでも怒り心頭に発している。なにが和人か！　アイヌで飯を喰う日本人。差別されるアイヌを自らのサディズムを充たす手段として利用しているのにすぎないのである。私はサトウを許さない。

リズム感とは個々人の能力的問題である。それなのに黒人は皆リズム感に優れているといった安直な括りが垂れ流される。もちろん人種的、民族的な特質というものが存在するのも事実だが、では、沖縄の人間は皆『いい人』であるといった括りは、どうなのだろうか。いい人もいれば悪い人もいるのが集団というものだろう。

こんなことをいちいち書いているのもなんだか虚しいが、当の沖縄の人間がそれを唯々諾々として受け入れて、それどころか平然と口にしたりするものだから、逆に劣等感の根深さにまで思いを致してしまい、若干俯《うつむ》き加減で自称『いい人』のわがままなどを受け入れたりもした。当の沖縄の人間までもが『いい人』幻想を受け入れるどころか、自ら発信しかねないのは、じつは種々の強姦に対して怒ることのできぬ自分自身を『いい人』と規定して誤魔化しているという側面があるのではないか。

差別される側の者が、自分たちを悪く書かれることに過敏に反応する気持ちは理解できる。けれど、たとえば小説を書くときに差別される側の登場人物をすべて善人に仕立てあげなければならないとしたら、それは異常なことではないか。そういう善意的な画一的括りこそが差別のもっとも根深い形態である。これを偽善という。東京都の人間にも北海道の人間にも沖縄県の人間にも悪い奴がいる。善悪という曖昧《あいまい》な概念を排するならば、自分にとって好ましい人間と、そうでない人間がいるのは当然のことだ。私が最後に拠《よ》り所にするのはこの好悪の感情である。好きになったなら、どこの人間だってかまわない。じつは人間関係など好き嫌いしかない。当たり前のことだ。

けれど――この当たり前にしていちばん確実と思われる好悪の感情による判断が差別にも微妙に関わっていて、こうなると輪廻《りんね》である。

私は差別について考えこむと、宗教に縋《すが》りたくなる（ここでいう宗教とは既成の仏教なりキリスト教なり創価学会なりといった団体のことではなく、宗教的な心、宗教心のことである）。好悪の感情を抑制させるものが知性であるが、その知性は往々にして差別感情を隠蔽《いんぺい》するために作用し、小悧巧《こりこう》な者は差別反対を声高に叫びつつ、内なる差別意識に気付きもしない。差別に理知はじつに脆《もろ》い。理知とは対岸の火事にしか作用しないと見切っていたほうが身のためだ。感情レベルで内なる差別意識を破壊するためには、宗教的境地しかないのではないか。知性や理性がうまく作動するのは当人に余裕があるときである。金持ち喧嘩せず――。まったく昔の人はうまいことを言う。しかも、だ。老化がはじまっているのか、ついつい諺《ことわざ》や格言を頼ってしまう昨今の私である。

残念ながら、私は差別意識の強い人間だ。正確には人並みな差別意識をもった人間といったところだろうか。調子のいいときは鷹揚《おうよう》で、誰だって受け入れて大盤振る舞いだ。けれど追いつめられたら何をしでかすかわからない。その程度の小物だ。私が差別についてあれこれ書くときは、すべてこの自覚が根底にあることを断っておく。

もうひとつ、頭の痛いことを。差別は経済などの現実的側面に深く強く関わっている。サトウのように差別で飯を喰う奴もいれば、能力があっても出自や民族で就職がままならずに歯噛《が》みしている者もある。就職に関しては、身に沁《し》みている。私が中卒だからだ。職業選択の自由などと吐《ぬ》かすが、中卒の私にそんな自由などなかった。肉体労働か水商売が関の山、机に向かう職業に就いたのは小説家が初めてだ。

たとえば沖縄における経済格差の問題は、単純に遠い場所だから行き渡らないということにすぎないのか。それとも微妙に差別が絡んでいるのだろうか。ここでいう差別とは、軽く扱われる、といったとりあえず深刻ではないが、根深い問題のことだ。

移住と称して沖縄に引っ越す者どもの決まりきった言い種《ぐさ》に「沖縄は物価が安いから暮らしやすい」というものがある。物価なんて相対的なものではないか。韓国に旅行して両替すると札束が返ってくる。俄《にわか》小金持ちのできあがりである。けれどそれはあくまでも旅行者だからであるのは自明の理。移住者（自分でそう言っているのだから、そういうことにしておく）が沖縄においても本土並みの稼ぎがあるならば、物価の安い沖縄では貨幣価値が上がったのと同様であるから確かに暮らしやすいだろう。けれど沖縄県で就職すれば沖縄県の給与水準に落ち着くわけだ。商売をしても、然《しか》り。沖縄県において物価安の恩恵を受けるのは小説家くらいだろう。なにしろ本土（これも嫌な言葉だが、沖縄県民自らが無自覚に本土復帰と吐かしていたのだから、あえて遣う）の出版社から原稿料が振り込まれるのだから。

沖縄に移り住んだって、小説家は経済だけは沖縄と無関係でいられるんですよ。金持ち喧嘩せずでいられるわけだ。もちろんそうでない沖縄県在住の小説家もいるでしょうが、沖縄で飯を喰う小説家に搾取する側であるという自覚がないとしたら、空恐ろしい。これは額の多寡はなんの関係もない。私がこうして沖縄のことを書くと、とりあえず原稿料が発生する。けれどとりわけ沖縄を礼賛宣伝しているわけでもないから、沖縄が経済的に潤うわけでもない。

ああ、疲れた。腹がへった。今回は嘉手納《かでな》基地で飯を喰ったことを書くつもりだった。けれど紙幅も尽きた。次章ということで。さあ、飯でも喰うか。

第七章　飯でも喰うか（2）

沖縄は食い物が旨い。

前章で、あれこれ引き合いにだした北海道も食い物が旨い。食い物が旨いというだけで沖縄、北海道、そのどちらかに住んでしまいたいくらいだ。もっともこれは私の嗜好《しこう》に過ぎないのかもしれない。いっしょに訪れたにもかかわらず、沖縄の料理が口に合わずに閉口し、逃げ帰ってしまった人もいるのだ。その方はもともと食が細いのと潔癖なのとで、深夜に、ゴキブリが這《は》いまわる屋台のソバ屋などに出向くうちに恐れをなしてしまったようだ。いまでもソーキを赤と黄色に塗りわけられた沖縄独特の箸《はし》でつまんで、途方に暮れた顔をしていたのを思い出す。

沖縄のゴキブリは、じつにでかい。たとえば夜中に市場内を散策していると、いきなり飛んできやがって、がちん！　と顔にぶちあたることがある。けっこう、痛い。腹立たしいので念入りに踏み潰してやる。

ゴキブリといえば都下某所の製パン会社で配送のアルバイトをしていたとき、深夜、製パン材料が置いてある工場内にはいるのがいやだった。照明をつけたとたんに、飛翔する無数のゴキブリがぶち当たってくるからで、けれど作業の都合上、誰かが工場内に立ち入らなければならず、誰もが譲り合いの精神を発揮して、なかなかトラックを動かすことができなかったものだ。ともあれ一般家庭におけるゴキブリとちがって、奴らはじつによく飛ぶのだ。けれど進路変更がへたで、なぜか顔面を直撃してくるわけだ。飛行高度がちょうど大人の顔あたりなのかもしれない。

食い物あるところに、ゴキブリあり。まったく奴らときたらカサコソとせわしないくせに、妙に横柄なのだ。とはいえ好きではないけれど（同居したいとは思わないが）、それほど毛嫌いしているわけでもない。出現すれば、ああゴキブリかいな、で終わってしまう。なんとなく必要悪のようなニュアンスでゴキブリを捉えている私は、ちょっと間抜けだろうか。

それはともかく、なぜ私が深夜の市場内を彷徨《さまよ》うのを趣味にしているかといえば、公設市場内から開南に抜けようとしていたときのことだ。とうに午前零時をまわっていた。こんな時刻に月明かりさえとどかぬ市場内を歩いている者など皆無である。恰好いいことを吐《ぬ》かしてしまえば、私はゴキブリにぶち当たられつつ、旅情に浸っていたのだ。市場のアーケードに閉ざされた空間は匂いの坩堝《るつぼ》である。ちょっと大げさだが、なにやら原初的な性感を刺激されるかのような気配が濃厚だ。ところが、そんな気分の私を見透かしたかのように、暗がりから制服のままの女子中学生がいきなりあらわれたのだ。さすがに吃驚《びっくり》した。

深夜の市場内、無人、真っ暗、制服——。

こっちの驚愕《きょうがく》をよそに彼女は淡々としたもので、言葉を交わしているうちに打ち解け、私と彼女は城岳《じょうがく》公園にのぼって夜露に濡れたベンチに転がり、あれやこれやを語り合い、朝まで愉しいひとときを過ごしたのだった。

さて、今回は、まず、なにを喰っても旨い（除く、和食）沖縄において、最悪どころか旨い不味《まず》いといった印象にさえ残らない食事のことを書く。数年前といったところだろう（呆《あき》れたことに、日時や季節の記憶さえ曖昧《あいまい》だ！）。沖縄の友人にして素晴らしいガイド役である嘉手川さんが、コネを使って嘉手納《かでな》基地内を見学する機会をつくってくれた。

私は、いまはなき米軍立川基地（現・昭和記念公園）のフェンスに隣接する都営住宅で小学生の時期を過ごした。地理的には立川ベースの真西であり、直線距離にして北西三、四キロのところに同じく米軍横田基地があるというベースキャンプまみれの環境に育ったわけである。沖縄の基地周辺に出向くと妙な郷愁に誘われるのは、子供のころの記憶がよみがえるせいかもしれない。基地の街に育ったということで、多少なりとも沖縄県民と同様の感受性をつくりあげられてしまっているのだろう。

集英社の編集者である澤田君、江口君と私は嘉手川さんの車に乗って嘉手納基地の第二ゲート（だと思う。記憶、曖昧なり）へむかった。妙に肌のつやつやした赭《あか》ら顔の兵隊がシェパードを従えてカービン銃を持って警戒に当たっていたのは、なにか政治的な背景のある日だったからだが、それが何であったかも思い出せない。第二ゲートというのは、私が物事を映像のかたちで憶《おぼ》えるからで、なんとなくそういう絵が脳裏に泛《うか》ぶのだ。

米軍基地というものは、ゲートに出向き、カミッサリー（スーパーマーケットだな）のタバコとビールを横流しして儲けたいのでベース内にはいりたいのですと申し出れば、はいわかりましたさあさあどうぞさあどうぞ、と進入が許可されるような柔《やわ》な場所ではない。自由の国アメリカではあるが一応は基地だからね。基地内の身元引受人が迎えにきてくれるか、きっちり電話連絡が取れないと、仮パス——VISITOR PASS（大文字です。仮パスのいちばん左上に大文字でそう印刷してあるのだな）を発行してもらえないのだ。蛇足だが嘉手納基地は本島中心部の特等地にあり、那覇市や沖縄市よりも広大な面積を占めている。なんじゃ、こりゃ、というのが私の本音である。

それは扨措《さてお》き（忍者小説の連載をはじめたせいで、扨措き、が口癖になってしまった）、いざゲート前のブースでVISITOR PASSをつくる段になって、江口君が身分証明に類するものを一切持っていないことが判明した。運転免許証あるいはパスポートといったものを提示しなければならないのだ。集英社の社員証が米軍に通用するはずもない。江口君はへらへらしながら「じつは僕ってば日本人じゃないから」などと吐かして、まるでクラゲみたいな軟体ぶりだが、いまどき自動車の免許も持っていないなんていっそ潔い。私は尊敬する。けれど、基地内には入れません。なんと江口君は、独り、置き去り！　にされてしまったのであった。

　立川でも横田でも、そして嘉手納でもそうなのだが、基地内というものは、じつに美しい。とりわけ亜熱帯の混沌《こんとん》（安易に括りやがる）顕著な沖縄における米軍基地というものは、鉄条網の外から見てもぴかぴかのつるつるだが、なかにはいると信じがたいほどに輝度が増す。陳腐な譬《たと》えでいいなら、無菌状態というやつで、手入れのゆきとどいた樹木や芝ばかりが目立つ緑の園、じつは〈思いやり予算〉なる我々の税金で雇われた日本人（安易に括りやがる）に手入れをさせた擬似アメリカ中産階級的景色が、徴兵された貧乏な兵隊さんを慰撫《いぶ》し、誤魔化すために繰り広げられているわけだが、ああ清潔っていいな、吹く風までもがちがう、そんな投げ遣りな快感さえ覚えて、私は基地内を撃たれない程度にうろちょろしたわけだ。

　印象なんて、ない。無駄にだだっ広いだけである。ああ、風がよく抜ける。戦争の本質が無駄であるということがよくわかる。戦争とは浪費である、などと口ばしるのはもはや気恥ずかしいかぎりであるが、やはり基地の無駄ぶりをみると、シンプルに戦争の醍醐味《だいごみ》は浪費にありと断じてしまいたくなる。

　我々御一行様は、嘉手川さんの知り合いにいざなわれて、おそらくはOfficer club――将校どもの食堂にて昼食をいただいた。料金は五ドルほどだった。飲み放題の食い放題、バイキング形式だ。軍服、私服が半々といったところで、けれど下っ端の兵隊さんは影もかたちもなく、ああここもいい風が抜ける、といった雰囲気の、じつにゆったりとした立派な食堂であった。

けれど、私は、ここで、なにを喰ったか、一切、覚えて、いない。

カードで支払った金額以外に、まったく記憶がないのだ。頭のなかをいい風が抜けていくばかりで、なにも思い出せない。映像のかたちであれやこれやを記憶していて皆の衆をあっと言わせることのできる私であるのに、見事な記憶の遮断が起きてしまっている。

以前、羅府ことロサンゼルスにでかけたときも、なにを喰ったか記憶していなくて、中庭のある高級なフランス料理店とかホテル内の傾きかけたコリアンレストランといった言葉のみが脳裏をうろちょろするのみで、具体性が一切ない。

おそらくは米国の食事に対して、私は完全に興味がないのだろう。米国に出向けば、私は生存のために物を口にするが、その味に関しては端《はな》から除外して、まったく気にしないのである。それと同様のことが嘉手納基地内でも起こってしまって、まあ、ぶっちゃけて言ってしまえば旨くねえというだけでなく、いわば味気ないということの象徴として機能する食事ですかね、などといった程度の低い抽象的な否定の言葉を吐くのみである。

さて、飯も喰ったし、せっかくだから買い物を。日本人オフリミットのはずのカミッサリーだが、どうということもなく入れてしまい、VISAやマスターカードがあれば支払いもできるので、あれこれ物色したが、ここでもそそられる物がない。

ネットで見飽きているせいか、おまんこ丸出しの雑誌をぱらぱらめくると欠伸《あくび》が洩れるし、黒人専用ヘアケア用品は物珍しいけれど購入する理由もないし、幾ら安いからといっても酒もタバコもやめてしまったし、それらで商いするには数量制限がじゃまだし、でっかい冷凍七面鳥なんてもとより買っても意味がない。ビタミン剤の棚は商品充実、ブツは異様に巨大だが、けれど私には買うだけ買ってほとんど服《の》まないちいさな瓶のアリナミンがありますし、メラトニンなんて私にはまったく効き目がない。

ちなみにカミッサリーの物の値段を日本円にして記しておくと、コカインでないほうのコークが二十円、バドなどのビールは六十円くらい、タバコはおおむね七十円くらいか。換算が面倒になったのでもうやめるけれど基地内のガソリンは一ガロンが百三十円強、一ガロンは三・八リッターくらいですね。もちろんこれらは治外法権だから消費税なんて無粋なものはない（どころか一切の租税免除ですって）。それにしても、いくらなんでも安すぎると呆《あき》れていたら、これらも、やはり例の〈思いやり予算〉とやらが露骨に絡んでいて、人件費のみならず、この手の建物さえも我々の税金で建ててあげ、維持されているそうだから、まったくもって金丸信という男は稀代《きだい》の売国奴であった。

せっかくフェンスのなかのアメリカにやってきたのだから、なにか記念になるものでも買って帰るべえとおのぼりさん気分汪溢《おういつ》の花村であったが、欲しいものがないのだからどうしようもない。結局は、ちょっと可愛いなと思っていた女の子が英会話をはじめたいと言っていたのを思いだし、うまく取り入ろうと画策、まだ日本では発売されていなかった〈トイ・ストーリー〉のビデオを買って帰ったのだが、なんとなく渡しそびれて〈トイ・ストーリー〉は未開封のまま八ヶ岳の仕事場倉庫に抛《ほう》りだしてある。

ともあれ私が嘉手納基地を訪れたのは〈トイ・ストーリー〉が上映されていたころということになるか。子供のころはあれほど夢中だったディズニーだが、いまとなっては鬱陶《うっとう》しいものの最右翼、千葉ディズニーランドにも出かけたことがないし、まして〈トイ・ストーリー〉なんて絶対に観ることはないと断言できる。それなのに棄てもせずに、無数にコレクションしている二輪レースのビデオと共に山の倉庫に持っていった私は、少し健気《けなげ》かもしれない。

ああ、そうだ。置き去りにされて基地に入れなかったデラシネ江口だが、我々を待つあいだに車をひろって無人の浜にでて、全裸で遊泳を愉しんでいたそうだ。なんのことはない、江口君がいちばん優雅な時間を過ごしたのだ。若干日に灼《や》けたその姿を目の当たりにしたときは、なんとなく釈然としなかった。

第八章　飯でも喰うか（3）

生前の豚の足がどのような状態にあるか御存知か。

糞まみれなのである。

豚舎では雪掻《か》きなどに用いるのと同形状のスコップで、コンクリート床に散っている、いや、こねくりまわされてこびりついている糞をずごごご——と刮《こそ》げて掃除していく。

用いる道具が似ているだけあって、玄関先の雪掻きといっしょだ。刮げていくのは雪ではないが、やっていることはまさに雪掻きなのだ。雪掻き雪掻きとくどいが、そぎ剝《へず》る相手が雪でも糞でも作業者が大変なことにかわりはない。重量的に糞のほうがつらそうに思えるが、実際は雪のほうが塊としてスコップにたくさん載る、つまり糞は可塑《かそ》性があるせいでにょめにょめ流れ落ちてしまい、思っているほどスコップ上に載っかってくれないので、作業のつらさは臭いその他をのぞけば、雪掻きのほうがハードだろう。清潔感には雲泥の差がありますけれどね。

豚はといえば、せっかくきれいに刮げてコンクリがきれいに剝《む》きだしになったというのに、狙いすましたように掃除ずみの部分へぶぼばばばと糞をする。するだけならともかく、なぜか執拗《しつよう》にこねくりまわすのだ。用いるのは、もちろん足だ。あれも習性というのだろうか。

蛇足だが、ときどき寄生虫駆除の薬を餌に混ぜてのませる。薬の成分のせいだろうか、糞が薄緑色に変色して、その黏稠《ねんちゅう》のそこかしこに、いや、そんな生やさしいものではなくて、糞全体が寄生虫の塊と化す。体重が三割方減ってしまうのではないかと思われるくらいに大量の寄生虫が排出される。寄生虫ボールである。しかも排出されてからも、うねうねぐにゅぐにゅと超スローの映像じみた動きで蠢《うごめ》きつづけているのだから、いやはやなんとも現実の生物の世界というものは(人にとって)マイナス方向にスペクタクルである。

しかしうんちのことを書くと、なぜかオノマトペが多用されますね。私がなぜ豚の糞に詳しいかといえば、十五歳のころに職業として糞掃除をしていたからである。つまり農場で働いていて、たいした期間ではないが牛豚鶏の面倒をみていたのだ。動物にもよりけりなのだろうが、基本的に排泄《はいせつ》物に親和性が高いのが人以外の動物だ(スカやトロな人たちという若干の例外をのぞく)。豚など、あえてその肉体に糞をなすりつけているとしか思えぬ行動をとる。

豚のほかに面倒をみていた乳牛だが、その肉体的構造上、就寝時など、四肢を折って休む体勢のときに、ちょうど糞の上に乳房がきてしまうのは致し方ない。これは牛の習性自体の問題ではなく、牢屋に近い牛舎の構造に問題があるのだが、その糞で汚れた乳房をお湯で絞った雑

A／政治・経済
B／社会
C／哲学・思想
D／歴史・地理
E／教育・心理
F／文芸・芸術
G／科学
H／ホビー・スポーツ
I／医療・健康

毎月17日発売

知の水先案内人

集英社新書

a pilot of wisdom

http://shinsho.shueisha.co.jp/

巾で拭き浄めて乳搾りをする。ほんとうは拭き浄めるというよりも、乳房を刺激することによって乳の出をうながすのである。だから多少は糞がついていても牛も人も気にしないし、搾っている最中に乾燥してこびりついていた糞が搾乳バケツのなかの乳の上に落下するのは日常茶飯である（乳は加熱消毒するので御安心を）。

なにが言いたいのかというと、どこそこ産の肉が好き、フランスのなんとかチーズが好きと、好き放題吐《ぬ》かしていらっしゃるグルメな消費者の方々の与《あずか》り知らぬところで、大小便まみれであるという単純な事実を指摘したいだけのことである。

御自身の日常に鑑《かんが》みていただければ即座に納得していただけるはずであるが、命というものは糞をし、小便をするものなのだ。雌は血まで滴らせる。それ故に、否応なしに臭いもの、なのだ。家畜の飼育という仕事は匂いの坩堝《るつぼ》であった。あえて臭いではなく匂いにしたのは、それが悪臭であるとは一概に言い切れぬ要素がとても大きいことを実感として得ているからだ。

でも――。

やっぱりうんこはいやなのだ。

もちろん、おしっこも。

どっちがましかと迫られれば、個人的にはうんこよりはおしっこのほうが許せるが、まあ五十歩百歩です。といって凄まじく毛嫌いしているというほど潔癖でもないのですが。

豚足という食い物がある。

私は、苦手だった。もちろん、だされれば食う。意地でも食う。なんだって、食う。そういう習性、いや教育を受けてきたからだ。蛇足だが、いままで口にしていちばんつらかったのは檜枝岐《ひのえまた》でだされたモモンガの生肉脂漬け（半醗酵《はっこう》）だった。これは、もう、単純に腐りかけていたのだろう、強引に胃の腑に送りこんだが、嘔吐《おうと》しそうになった。

腐臭のしたモモンガほどではないが、豚足も供されると有難迷惑だった。都下某市でトラック配送のアルバイトをしていたとき、そこの正社員（炭坑離職者）が、忘年会のときに夕張の味を教えてやると恩着せがましく意気込み、会費を徴収したあげくに休憩室のストーブでモツの煮込みと豚足を手作りして振る舞ってくれたことがある。

モツも下ごしらえが不充分で決して褒《ほ》められたものではなかったが、どこで入手してきたのか、まさに豚の足のままの豚足には閉口した。

体毛くらい焼き落とせよ！

まばらとはいえ、あちこちに毛の生えた豚足を食った（食わされた）ことがトラウマとなってしまったのだろう、以降、豚足というと出されれば食べないわけではないが、腰が引けていた。

下ごしらえをしていない豚の足の煮物なんて、あなただって想像しただけでいやでしょう。実物は悪臭の坩堝なんです。はっきり言おう。うんこ臭いのです。しかも喉ごしが凄《すさ》まじい。毛が喉を擽《くすぐ》っていくんですよ……。

私が豚足に積極的になれないのは、それが生きているときに、さんざん糞を踏みしめ、こねくりまわしていたことを熟知していることがまずあって、ついつい蹄《ひづめ》のあいだにまだ糞が詰まっていないかなどとよけいな想像をしてしまうという下地があって、そこに夕張の糖尿病自慢のオッサン（俺ぁ、糖尿だからよお——と口癖のように告知してまわり、それを錦の御旗に仕事をしない、すなわちさぼるのですね）の毛付き豚足でとどめを刺されてしまったからです。

週刊ポストの取材で韓国にでかけたとき、ガイドに韓国の豚足は世界一だと吹かれて、山盛りの豚足と格闘したことがある。銀座のクラブホステスたちの慰安旅行にくっついていったときも、現地の友人が、やはり世界一旨い豚足だと威張って、これは燻煙《くんえん》してあるのか焦げ茶色の代物を、やはり大皿一杯てんこ盛りで振る舞ってくれたことがある。

日韓関係を悪化させたくない一心で、満面笑みでうめえうめえと食いました。けれど、やはり、世界レベル云々《うんぬん》を持ち出すほどの食い物ではないというのが私の感想でした。それどころか、足の先など食用部分ではない。廃物利用ではないか。こうまでして頑張って食うなんて、なんと健気な生き物なのだ、人間は——。そんな醒《さ》めた気持ちをもって豚足に接していた。

そんな思いが一変したのが、沖縄だった。今回はガイドブックとして役立つように、沖縄にやってきたことを実感でき、なおかつ交通の便のよい豚足屋さんを紹介しよう。

大城《おおしろ》食堂は、佇《たたず》まいからしてちがう。那覇は泉崎《いずみざき》だと思う。県警本部の裏手にあたる。近くには開南小学校やハーバービューホテルがある。この通りはハーバービュー通りというらしい。とにかくちいさな店だ。けれど、ぼろくて派手だから、見落とす心配はない。素人が手塗りしたとしか思えぬ厚塗りの白塗りの木造家屋だ。白塗りと書いたが、ときどき気分で玄関枠などが緑色に塗ってあったりもする。やはり手塗りなのだろうな。ともあれ油性ペンキ厚塗りの白い家というのは、じつはなかなかお目にかかれぬものだ。

沖縄では豚足のことをテビチというらしいが（ティビチと表記する場合もあるが、私は大和の人間なので図に乗らぬよう気配りし、テビチとしておく。また以下にあるとおり大城食堂に関しては手引と表記する）、大城食堂の看板には手引と書かれて、その横にマジックインキの下手くそな字でてびちとふりがながあとから書き加えられている。その看板だが、白地に縦に朱色で手引、真ん中に紫でおかず、左に赤でそばと大書してあり、その下に空色の横書きで専門店、そしてそのさらに下に大城食堂と黒い色で書かれている。この看板の色彩の強烈さだけでも一見の価値ありだが、どうも沖縄の人間にとっては、それほど網膜を刺激される配色でもないようだ。私が旅行者的オリエンタリズムで感嘆しても、ふーんそうかな、といった眼差しがかえってくるだけだ。もちろん私の無自覚的植民地支配的眼差しよりも、当の沖縄の人間の反応が正しい。

ともあれ、とてもちいさくせまい店で、おじいさんとおばあさんがやっている。ぼろくて派手な店などと書いたが、不潔ではない。創業四十年以上だそうだ。米軍統治時代の営業許可証まである。手引を頼むと、おばあちゃんが誠心誠意、運んできてくれる。

それが、また、丼からどどんと盛りあがる物凄さ、切断面も露わな豚の足が山盛りではないですか。実際に手引を前にしていると、こうして文字を連ねていると、なんだか猟奇的な食い物の絵が脳裏に泛《うか》んでしまう。けれどあなたも大城食堂の手引を目の前にしたら、ちいさく溜息をついてしまうのではないだろうか。

汁に脂が浮いていないのだ。これだけで、どれくらい手間暇かけて仕事をしているかがわかってしまう。比較するのも失礼だが、夕張豚足はギトギトのドロドロ、凄まじいお姿であった。なによりも立ち昇るその臭いにノックアウトされてしまったものだ。

沖縄の料理をひとことであらわせば、洗練ということになる。豚の足のような一見粗野に感じられる食べ物ほど、卑と聖が逆転したかの様相をみせる。薄味である。けれど昆布と鰹《かつお》できっちり出汁《だし》がとってある。手引だけ口にすると、これで飯のおかずになるのかと心配になるのだが、実際に御飯と手引をいっしょに口に抛《ほう》りこめば、塩味だけで食わされているような料理の芸のなさに気付かされ、むふふ——などと無意味な笑みを泛べてとろとろの豚の足の皮を啜《すす》るように口にして、控えめな赤身を穿《ほじく》りだしていたぶって、ゼラチン質というのだろうか、親愛なる粘りけをもつ不可思議なものに吸いついて、最後の最後は手まで動員して骨にむしゃぶりつく。小皿に骨を吐きだして、顎《あご》を突きだして大きな吐息をつく。

無臭ではないが、悪臭はない。本来は糞をこねまわしていた足である。手抜き調理を受けいれるような柔《やわ》な代物ではない。けれど大城食堂のテイストは高級なほうの京料理に近い。住んだことのない人にはなかなか理解されないのだが、京都の料理は、じつはけっこう塩辛い。庶民の食うものは土地を問わず、大概が塩辛くできているものだ。それなのに沖縄の料理は基本的に薄味である。塩気でなく、出汁で食うという貴族趣味がゆきわたっている。塩気なんて海水でたくさんだというのかもしれないが、実際のところはずばぬけて味覚に鋭敏な県民なのではないか。

ともあれ蓬《よもぎ》の茎を齧《かじ》るころには、旨さと満腹で、しかもおばあちゃんとおじいちゃんの顔が素晴らしいので、すっかり肩から力が抜けている自分を発見する。

実感として食が幸福をもたらすことは否めないが、我々は往々にしてその料理自体よりもパッケージなどにだまされている。大城食堂のすべてのメニューが最高だとは言わないが、私は大城食堂の手引の洗練がわからない人とは友人になりたくない。

第九章　飯でも喰うか（4）

もう一軒だけ旨い店を紹介して、豚足を終えよう。場所は那覇、国際通りを安里《あさと》三叉路に突き当たったら左へ、崇元寺《そうげんじ》をめざす。ゆんたく屋という一軒家のおでん屋がある（以前、このおでん屋のことは他誌のエッセイに詳しく書いた。ゆえにさらりと流すことにする）。この店は前出、集英社の江口君がタクシーの車中より見つけだした。身分証明はできないけれど、鼻はきくのだな、江口は。

沖縄ではおでんというとどこでも豚足を煮込むらしい。おでん自体は本土復帰運動とリンクするように食べられるようになったという。食も本土並みにというところか。けれど、おでんに豚足が入ってしまうわけだ。ゆんたく屋も京風と看板にあるけれど、メニューのいちばん最初に足てびちと大書されているのだから嬉しくなる。

ゆんたく屋の足てびちは、テビチ未体験の方にこそおすすめだ。とことん煮込まれていてほろほろで食べやすいのだ。味付けもおでんだから初めての人も違和感がないと思う。おでんとくれば一杯というわけで、店のど真ん中には泡盛、十年ものの古酒《くす》の巨大な瓶が据えられている。柄杓《ひしゃく》で酌むのが粋ですね。地元の人がいい調子で酔っ払っている。店で働いているお婆ちゃんがまた素敵で、一品料理もじつに旨い。ミミガーなんか最高です。座敷であぐらをかいて、窓から流れこむ亜熱帯の夜風を頬《ほお》に、だらけた時間を過ごす。最高でしょう。

私はここのフーチャンプルーが好物です。くるま麩《ぶ》を買って内緒で自分でつくってみたけれど、旨くない。ちゃんとつくりかたを習ったのになあ。なんでだろう。たぶん、くどい性格のせいで火を通しすぎるのだろうな。卵を扱う料理はむずかしい。

それはともかく狂牛病騒ぎの影響か、牛スジがゆんたく屋のメニューから消えていたのだが、どうなったのだろう。京都で暮らしていたときからおでんといえば牛スジ、自他共に認める牛スジマニアだが、これは寂しいことだ。テビチと同様、牛スジも料理人のレベルの差が露骨に出てしまう素材だ。じっくり煮込まれたゆんたく屋のスジは味も歯ごたえも抜群だったのだが。

豚の締めくくりは、みはま食堂の骨汁で決めようか。これは文字通り、骨の汁だが、電動ノコギリの切断面も鮮やかな豚の頸椎《けいつい》を煮込んだ豪快というか、粗野といおうか、はじめて目の当たりにすると唖然呆然《あぜんぼうぜん》、思わず笑いだしてしまうほどのインパクトがある。首の骨だが、茶褐色をしていて、やたらとでかいのだ。はじめて御対面したときは、その巨大さに牛の骨と勘違いしてしまったほどだ。その尖《とが》った骨が丼から縦横に飛び出して居丈高、もう処置なしの外観を誇る。

この骨汁も基本は昆布鰹《かつお》だしだが、当然ながら豚骨の旨みも溶けだして、見てくれの凄《すさ》まじさからは想像もつかぬ繊細な旨みが拡がる。骨に残る肉を刮《こそ》げるのが、また愉しい。カニを食うときに似た集中力が要求されるのが骨汁だ。まあ、あまり具体的な知識を頭にいれないほうがいい。あなたもここはひとつ北谷《ちゃたん》はみはま食堂に出向いて、吃驚《びっくり》！　してください。みはま食堂だが、途轍《とてつ》もなく量が多い。調子に乗って頼みすぎないように。また食堂によっては頸椎ではなく、肋骨《ろっこつ》を煮込んでいる店もある。見てくれの衝撃という点では頸椎にとどめを刺すが、もちろん肋骨も旨い。

ああ、そうだ。私が豚の汁でもっとも好きなのは猪もどき《イナムドゥチ》だ。これは完全に京風とでもいえばいいか、白味噌仕立ての甘口の味噌汁で、干し椎茸の風味がたまらない。店で供されるものよりも家庭でだされるものに旨い猪もどきが多い。思い出しただけでも涎《よだれ》がたまる。溜息がでる。

汁は汁でも牛の内臓はどうだろう。ますや食堂は真栄原《まえはら》社交街の入り口近くにある。ゆえに女を買いにいく前、あるいは終えた後に訪れるという場合が圧倒的に多い（私の場合です）。人買いの話はいずれ章を改めて、ということで、牛汁だが、ひと頃の私は見事にはまりこんでしまった。夢中になった。

私はもともと内臓料理が好きだが、この店の牛汁はすばらしく洗練されている。けれど店舗は洗練とは全く無縁で、店の前の狭い駐車スペースにむりやりレンタカーをねじ込んで、赤茶けた煉瓦《れんが》色をしたリノリウム張りの床（私だけかもしれないが、この色彩が突出してなかなかに強烈な印象である）が目立つ店内にはいり、券売機で食券を買って、座敷にあがって片膝たてて商売繁盛の額を見あげてぼんやり牛汁を待つ。

沖縄の食堂であるから、汁を頼めば御飯もついてくる。あなたがよほどの大食漢でないかぎり、券売機の表示を雑に見て、たとえば牛汁セットを注文してしまったりすることのないよう御忠告申し上げる。以下は集英社から出版されている私の沖縄短篇小説集〈虹列車・雛列車〉からの引用だ。

——はじめてこの牛汁屋を訪れたおり、牛汁セットを頼んだところ、洗面器大の巨大丼鉢になみなみと満たされた牛汁と同じく山盛りの丼飯、そして、そこにとどめを刺すかのように黄金色に輝く揚げたての巨大豚カツの大皿が登場して愕然としたのであった——

小説だから、もちろん誇張もあるが——牛と豚、かたや汁、かたや揚げ物とそのファイティングスタイルはまったくちがうが、肉の王者、超ヘビー級同士の対決——の渦中に身を投じる勇気のある方以外は、牛汁のみを注文するがいい。

沖縄というと、どうしても豚肉料理に比重がかかりがちだが、牛は九世紀ごろから飼われていたことが確認されている。決して目新しい食材ではないわけだ。

けれど、それにしても牛汁は優雅だ。脂気のない見事に澄みわたった汁である。そこに牛の腹の中のありとあらゆる部位が投入されている。いちいち箸《はし》でつまんで、これは腎臓か、胃か、小腸かといった具合に推理するのも愉しいが、下拵《したごしら》えが徹底しているので、逆に物足りなささえ覚えてしまうのも正直なところだ。

けれど、やはり幽《かす》かな生姜《しょうが》の香りを慈しみながら最後の一滴まで汁を啜《すす》りつくすと、雑味がないことのすばらしさ、後味のよさにうっとりするのだ。印象が淡いがゆえに、また食べたくなるというのがほんとうのところかもしれない。丹念な仕事はすべてに優る。なにも料理だけのことではない。丹念な仕事からはハッタリが消えさっていく。

おそらく料理人はどの程度のハッタリを残すかが腕の見せ所なのだろう。けれど、ますや食堂の料理人は徹底して突き詰め、偏執狂的なまでに淡さを追究する。

ただし——。

はっきりさせておかねばならぬのは、この追究は牛汁のみに発揮され、ほかのメニューはというと、私には正直なところ、よくわからないのである。どの料理も味は悪くないが、なぜ牛汁と豚カツを組み合わせなければならないのか。客の要望なのだろうが、この融通無碍《むげ》ぶりは沖縄ならではである。私が調理人だったら、牛汁を完成させたとたんに増長してふんぞりかえり、偉そうに御託《ごたく》を並べてから食わせかねないですけれどね。

前出の北谷、みはま食堂でも豚カツと組み合わされて供される料理が多い。沖縄県民には豚カツ信仰とでもいうべきものがあるのかもしれない。確かに十代や二十代ならば黙ってすべて平らげただろうし、これはこれでよしとしよう。私は自分が歳をとったということを認めたくないのだろう（気づいたら、五十二歳になっていました）。

誰だって薄々感づいているだろうが、豚足だの骨汁だの中味汁といった料理は、じつは貧しさゆえの工夫だ。けれど、それがどうした、と開き直るだけの旨さが横溢《おういつ》しているのである。ホルモンとは拋《ほう》るもんからきているという説がある。じつは棄てるものなんて、ないのだな。私はただ食っているだけにもかかわらず、なんだか誇らしい気分だ。

こんどは牛の中味ではなく肉そのものだ。ステーキといえば観光客もいちどは訪れるジャッキーだが、絶対に守らなければならないことがある。テンダーロインを食え。焼き加減はレア以外は許されない。レア、だぞ。そうすればステーキとはどういう料理かがわかる。日本の鉄板焼き的霜降りステーキは似て非なる邪道の肉料理にすぎない。本土のステーキ屋は霜降りでないと許されぬような風潮蔓延《まんえん》のゆえに、我々に脂身を食わせて偉ぶっておるが、いい加減にしろ！

はっきりしていることだが、霜降りが好きという輩《やから》は、じつは肉が苦手なのだ。沖縄を訪ねたら88でもジャッキーでもステーツサイズでもどこでもいい、レアで牛肉を食え。ついつい命令口調になってしまうが、そうしないともったいない。こんな旨いものと無縁で一生を終えてしまわれるなんて、居たたまれない。

信号の色など気にせずにすむ昼過ぎの客がいない時刻に、おもむろにジャッキーに出向き、テンダーロインのLに芥子《からし》を少々、A1ソースも少々。それを頬張り、咀嚼《そしゃく》する快感は顎《あご》の悦楽とでもいうべきもの、肉に集中し終えてヤマト糊を溶いたかのようなシチューを啜《すす》るころには、軽い痴呆《ちほう》状態が訪れる。背の高い、昔の夜行列車の座席のような椅子に背をあずけ、吐息をつく幸福よ。

ときに二段重ねのハンバーグを食べたりするのも悪くはないが、けっきょく私はテンダーロインにもどってしまう。ジャッキーステーキハウスに親しんでからは、自宅においてもスーパーでわざわざオーストラリア産のステーキ肉を買ってきて、陶板をとことん熱して表面に焦げ目だけつけて、中は真っ赤なままの肉にむしゃぶりつくようになった。レアの加減さえ会得すれば、これがもう身悶《もだ》えするくらい旨いのだ。問題はスーパーの肉は薄切りすぎることだが、係の人に頼んで分厚く切ってもらえばいい。和牛で旨いのは岩手の短角牛くらいだ。松阪牛などおぞましいだけだ。もちろん好きずきではあるが。

それはともかく、沖縄のステーキ屋にも酷《ひど》いのがある。ジャッキーステーキハウスなどがすばらしい反面、日本で最低の肉料理をだすといっても過言でない店やホテルがあるのだ。たとえば国際通りのステーキ屋など、これだから輸入肉は不味《まず》いと断定されかねない肉の扱いである。その無様に調理された肉に大味でパサパサの、けれど形《なり》だけはでかいロブスターなどが添えられて供されれば、誰だって顔をしかめる。

しかも、だ。調理用のナイフやフォークを中空に投げる芸を見せられるわけだが、どういうわけか落とすのだ。ナイフやフォークを床に落とす。拾いあげたナイフで、引き攣《つ》った顔で調理されては苦笑するばかりである。しかも、よけいなことをしているあいだに肉にはとことん火が通ってしまっているではないか。君は料理人なのだから、曲芸など見せずに調理に専念しておくれ。まあ、観光客相手だからいいか。私だっていちどはそういう店で食っているわけだし、偉そうにいえた義理ではない。もちろん、二度と行かないけれど。

以前、取材のためにひと月近く滞在したRホテル（かわいそうなので特に名を秘す）の夕食バイキングも酷かった。食べ放題につられた私も阿呆《あほう》だが、ここのステーキは、焼きあげたものを保温機のうえに山盛りにしてあって、そのまま放置されているものだから、なかまで火が通ってしまい、ゴム草履のようになっていたのである。いくら食い放題といわれても、これは食えたものではない。もちろん誰も手をつけない。それどころか夕食バイキングに参加していたのは私のほかに数名、宿泊客もとっくに見限っていたのだ。けっきょくは棄てるしかないのだろうが、いまでも山盛りにされて汁気が失せ、茶褐色に変色した牛肉の山を思い出す。

＊ゆんたく屋は、現在おでん屋ではなくなりました。メニューのなかにおでんはあるようですが、以前のようにあれこれ選ぶことができなくなったようです。

第十章　飯でも喰うか（5）蛸飯

沖縄で避けていたものがある。タコライスである。なにしろ私は米飯原理主義者ですから、乳臭いものとの混淆《こんこう》なんて不純すぎると眦《まなじり》決し、たとえばいまだにドリアなる代物を口にしたことがない（虚偽報告であります。実際は二十数年前でしたか、不二家のレストランでウェートレスにマカロニグラタンの仲間だと教わってエビドリアを注文し、口にして、狼狽《ろうばい》し、でも、なんだかんだいって食べてしまいました。一度きりの過ちでございます）。私はなんでも食べてしまう男ですが、熱々の白米にバターをのっけて溶かして食べている方を目の当たりにすると、やはり腰が引けてしまいます。白米のうえにマヨネーズをたらたらと、とぐろを巻かせて喜んでいる方を見かければ、やはり品性を疑ってしまいます。バターもマヨネーズも不味《まず》くはないのでしょう。不味くはないと思います。でも、してはいけないこと、というのは、たしかにあるのです。こういう頑《かたく》なさが人をして私を国粋主義者と言わしめるのであろうが（誰も言ってません）、禁忌《きんき》は禁忌として立派に禁忌を全うするのが禁忌のつとめというものでありましょう。そこで、タコライス。もちろん私は情報としてのタコライスは熟知していました。熟知していたからこそ、沖縄を訪れて十数年のあいだ、近づかなかったのです。敬して遠ざけてきた。チャンプルーは琉球の民だけに許された特権であり、私は偏狭かつ狷介《けんかい》な大和《やまと》の国粋主義者でありますから、混淆を嫌い、そういえばタコライスって食べたことある？　と尋ねられれば、親の遺言で食うたらあかんと言われてるねん、と急に関西弁でごまかして、おっと、いま唐突に思い出したが、私が沖縄の高校生たちにむけて講演をしにでかけた折り、私を引率してくれた集英社編集者の淡泊Sさんが、沖縄の脂っこい食事にはほとほと閉口してるぜと憂鬱《ゆううつ》そうな顔をしているので、じゃあタコライスなんかどうですかと水をむけると、案の定、タコの刺身が載った御飯かなにかと勘違いして、それいいねえ、いいですよ、食べに行きましょタコライスということになったのですが、あとで殴られるのも嫌だから、じつはこれこれこう御飯にチーズとレタスとトマトと牛挽肉そぼろが載っかってるんですよタコライス、と解説したとたんに淡泊Sさんは見事に萎《な》えて凋《しぼ》んで、なんと！　私をおいて先に東京に帰ってしまったのでした。まったくカタカナのタコライスが蛸《たこ》飯なわけないじゃないですか。さて、タコライスですが、ぶっちゃけて言ってしまえばタコスの具を御飯の上に載せてしまったということですね。安直なのか、深遠なのか。まあ、単なる思いつきなんでしょうけれど、移民輩出の土地柄らしく、タコスをタコスとして食べず、白米に載せてしまう乗りのよさは見事であります。それはともかく、ひたすらな純血を誇る私のような者であっても、ついに童貞を棄て去る日がやってきました。蛇足ではありますが、私はカトリック育ちなので、童貞というと童貞様——すなわち尼僧、シスターのことが真っ先に脳裏に泛《うか》んでしまい、じつは童貞、微妙に馴《な》染《じ》まぬ言葉なのです。それは扨措《さてお》き、嘉手納《かでな》基地探索のときに登場した嘉手川さんが（嘉手納《かでな》の嘉手川《かでかわ》で、頭韻矢のごとし）、タコライスは絶対に旨いと豪語し、原理主義とか理由をつけて逃げまわるのはヤマトンチュのナイチャーの臆病《おくびょう》者さー、と、なじるのです。嘲笑《ちょうしょう》するのです。そうまで言われては喰わないわけにはいきません。私は嘉手川さんに拉致されて金武《きん》に連れていかれました。ここでタコライスは脳味噌胃袋の大食漢米兵むけに開発されたものであるという説を誰かから聞かされたような気がするのだが、妄想の類かもしれない。妄想ついでにもうひとつ書いてしまえば、沖縄の吉野家にはタコライスがあります。笑えるのはサルサソースとはべつに、なんと、コーレーグースで辛さを調節するようになっていることである。ちゃんとコーレーグースのボトルにタコライス用と明記してあるのだから吃驚《びっくり》！　ちなみにお値段三百八十円なり（当時）。おっと、金武のタコライス初体験に話をもどす。キングタコスといった有名店ではなく、なにやらちいさなちいさな場末の店に連れていかれたのだが、まったく御飯とコカ・コーラなんて組み合わせでいけちゃうのだから居たたまれません。とても美味《おい》しゅうございました。あったか御飯に冷たいレタスのシャキシャキした歯ごたえと、チェダーチーズの控えめな塩辛さがいまでも脳裏によみがえります。私が思うに、レタスのシャキシャキが壺だな。童貞君は初体験で我を忘れ、貪《むさぼ》り食ってしまったのでした。はっきりいって、あれこれ味を説明するような代物ではないですね。ジャンク、ジャンキー、そういった言葉が似合う。すなわちヘロインを指し示すときのジャンクだな。そんな破壊を伴う微妙な危うさがある。どう足搔《あが》いても隠語系の食い物です。そのくせ、妙に日当たりのよい気配がするのは琉球ならではです。熱くて冷たくてねっとりしていてしゃっきりしているという相反する要素が山盛りで供されるのです。これは、もともと惑乱させてやろうという意図のもとに企まれた食い物ではないだろうか。原理主義者としては、こんなもんを喰ってると味覚が壊れてやばいぜと思っているのだが、やめられない、とまらない。不味いけれど美味い！と喚いて、普段だったら持てあます量の大量飯を嚙《か》まずに搔《か》っこむ。喰っているときには不味《まず》美味《うま》いのだが、経年変化とでもいうのだろうか、時間がたつと脳裏でなにかが微妙に変質し、とても美味《おい》しゅうございました、などという科白《せりふ》を平然と吐き散らすようになる。ただし、これは鉄則だが、お持ち帰りでベコベコの透明プラケースに詰めてもらったものを放置、たとえば翌朝、召しあがるなどということは避けるべし。萎《しお》れたレタスと溶けたチーズの染みこんだ御飯は見てくれの侘《わ》びしさも一入《ひとしお》だが、とにかく味が非道《ひど》い。非道すぎる。御飯の熱さとレタスの冷たさが鮮やかなうちに口にしないといけない。つまり店舗で戴くしかないのだな。金武はよいところだ。貧乏くさい米兵ばかりで、微妙な危うさがある。やはり夜、歩こう。それもメインストリートからはずれてみなさい。軽く酔った海兵隊員に道を譲らぬと、必ず睨《にら》みあいになる。銃を持っていないことを確かめて、先に距離を縮めてやる。このときに笑みを泛べてやると、とたんに兵隊は退く。この間合いが面白い。図に乗って街灯のない奥底にまで至ると、路地裏の暗がりにMPが佇《たたず》んでいる。潜んでいる、といっていい。兵隊が強姦《ごうかん》だの暴行だの泥棒だのといったやんちゃをしないように見張っているのだ。我こそは正義といった顔つきだが、じゃあなんで暗がりに隠れてるんだよと突っ込みをいれたくなる。私は貧乏な兵隊には感情移入できるが、MPは大嫌いだ。もちろんそういう気配は伝わるもので、MPも私が大嫌いだ。絡み合う視線は粘っこい。黄色い猿、見てんじゃねえよ、ぶっ殺すぞ——。こういった殺伐と緊迫は、たとえば貴方が小説を書こうと考えているならば、買ってでも味わわなくてはね。癒《いや》しの島だって。笑わすな。私にとってのタコライスは、金武の尖《とが》った空気とともにある。

＊

調子に乗って改行なしで進んできたら、すこしあまってしまった。そこで、またもや集英社E君に登場していただこう（なぜか今回は仮名です）。

このときの旅行は取材旅行ではなく、旅費その他おのおの自腹の無目的慰安旅行で、Eと私、そして私の妻の三人で羽田を飛びたったのでした。思えば私は編集者と、とりわけ集英社の編集者とずいぶん自腹で沖縄に遊びに出かけているが、なかでもEとの沖縄行きは相当な回数にのぼるのではないか。

さて、御存知のとおり自動車運転免許をもたぬEである。沖縄において私は否応なしにE様のお抱え運転手である。

この夜は、なにを血迷ったか沖縄の魚を食おうではないかという話になった。誰が言い出したか判然としないが、刺身が食いたい、というのである。皆、なんとなく普段と口当たりの違うものが欲しくなったのだろう。

じつは私の妻は一級建築士で、出身は横浜だが、なにを血迷ったか沖縄の設計事務所で働いていたことがあるのだ。沖縄では教会や病院などの大物を設計して、けっこう定評のある仕事ぶりだったのである。ゆえに沖縄本島には詳しい。妻曰《いわ》く「読谷《よみたん》まで行くと、お魚の美味しい店があるよ」とのことである。那覇のウィークリーマンションに滞在していたのだが、読谷あたりまでなら大して苦にもならぬ行動範囲である。どうせ暇人、ほなら行くべえと走りはじめたのだった。

その店は国道五八号線沿いだったか、もはや記憶が曖昧《あいまい》だが、それなりに太い道に面していた。もちろん観光客がやってくるような店ではない。

がらがらと格子戸をひらいて店内を覗《のぞ》くと、すっかり出来あがった赭《あか》ら顔がいっせいに私を見る。なるほど魚を肴《さかな》に盛りあがっているではないか。ほぼ満席である。

ここまできて満席もつらいが、待つということが大嫌いな私とEである。しかも相手は長っ尻間違いなしの地元の酔っ払い様たちである。どないしましょかね、と肩をすくめていると、店の人が気をきかせてくれた。自分たちもそろそろ食事どきで、もう閉めてしまった別棟の店舗で夕食をとる。厨房《ちゅうぼう》はここと共通なので、自分たちが食事をしていて申し訳ないが、そちらでなら席を用意できるというのだ。

私たちは貸し切り状態の店舗の座敷にあがってあれやこれやの魚を頼んだ。沖縄の魚、とりわけ刺身は不味いといわれるが、なるほどこの店の魚は美味い。わざわざ読谷まで車を走らせた甲斐《かい》があるというものだ。

Eと妻は泡盛残波《ざんぱ》なんぞをかっくらい、読谷といえば当然ながら残波だよね、などといい調子である。妻は台風接近の残波岬で私とシュノーケリングをしていたが、あまりの波の強さに這々《ほうほう》の体で逃げ出したことなどを語りだし、禁酒している私はウーロン茶など啜《すす》って、だらけ放題である。

飲み屋でも食堂でも、沖縄の店は座敷がよろしい。なんだかその家の延長のような、なんともゆるんだ安らぎがある。壁に寄りかかって脚をのばして、うひゃうひゃうひゃと意味不明の含み笑いなど洩らして、あれやこれやの戯《ざ》れ言《ごと》を間遠に口ばしるのは最高の愉悦だ。我々の宴もたけなわ、とりわけEのテンションが凄《すご》い。残波はきくのだな。E様専属運転手の私もよい気分でウーロン茶のおかわりである。

なぜ、そういった方向に話がむかったのかはわからない。とにかく魚は美味いし酒宴も最高潮、そんな瞬間にEが突然！　起立したのである。Eは我々を睨《ね》めまわし、腹の底からの大声で宣言なされた。

「祟《たた》りという字は、出て示す」

前後のつながりがわからぬ私も妻も呆気にとられてEを見あげるばかりである。するとEはますます居丈高、まるで預言者のごとく仰せられたのだ。

「いいですか、花村さん。祟りという漢字です。祟りという字は、出て示す。出て示すから祟りなんですよお」

私はかまわないのである。もちろん妻もかまわない。問題はつつましやかに食事をしていたその店の御家族である。Eは祟り、祟りと連呼し、あろうことかその部屋の壁面に指文字でもって祟りと大書したのである。

貴方だって自宅の壁に祟りと大書されたら嫌でしょう。まして縁起をかつぐ沖縄の方たちです。御家族は箸《はし》をもつ手を凍りつかせてこっちを凝視している。けれどEはますますいい調子で反り返り、酔っ払い特有のくどさで連呼する。

——祟りという字は、出て示す！

第十一章　飯でも喰うか（6）そば

はじめて沖縄に行ったとき（遠い昔のことですが）なにが印象にのこったかといえば、電柱に括りつけられている看板でした。とりわけ嘉手納《かでな》基地周辺に多かったのですが、ＹＫＫの防音サッシの宣伝です。自称超越的観察者である私は、これで沖縄のすべてがわかってしまった。

やっぱり基地の町なんですね。

私も立川基地のフェンスの隣で育ったので基地騒音の苛立《いらだ》たしさは肉体的に理解しています。とりわけ頭上を抜けていくファントムの爆音よりも、夜通しおこなわれるエンジンの慣らし運転と思われる地の底から湧きあがるような重低音に癇癪《かんしやく》をおこし、烈しく寝返りを打ったのを覚えています。

少々種明かしのようになりますが、筆記用具さえもたずに取材旅行に出かける私という小説家が現地でなにをするかといえば、ゴミ漁《あさ》りです。

断言してしまいますが、日本でもっとも早く無洗米、具体的には商品名〈愛を米〉が抵抗なく使用されたのは、沖縄県です。ゴミ置き場でうんこ座りをしてそっと漁るゴミのなかから、かなりの確率で〈愛を米〉の空き袋が出現しました。〈愛を米〉の空き袋自体をゴミ袋にしている場合もそれなりにありました。

当初は、研《と》がずにすむ米ということで、沖縄の奴ってば、なんと横着なんだろうと呆《あき》れたのですが、すぐに気付いた。水不足です。無洗米なら水を節約できる。〈愛を米〉は生活上の切実な要請であったのです。

他にはパイナップルの食いかすの出現頻度などが印象にのこっています。本土ではパイナップルなんかそんなに食わねえぞ、となぜかほのぼのとし、まとわりつく蠅《はえ》と饐《す》えた甘酸っぱい匂いとともに、沖縄という土地に在ることを納得した記憶があります。

防音サッシの広告に、〈愛を米〉。いまだにひめゆりの塔を見たことのない小説家は、そんな断片から沖縄を理解しようと足掻《あが》いているのです。離島の珊瑚礁でシュノーケリングを愉しむのも大好きですが、あれは自然にすぎません。私の仕事にとって無関係だし、ナンセンスでさえあります。私が知りたいのは、沖縄という島に住む人間、なのです。

だからこそ、食うものを徒疎《あだおろそ》かにできぬのです。たとえば京都のことを書くのに懐石料理がどうのこうのと書くのは、やはり観光客にすぎない。延々と安価な食い物ばかりを取りあげてきた所以《ゆえん》です。

日本各地でゴミ漁りを続けてきた私の結論ですが、やはり沖縄は抽《ぬき》んでて独自性があります。このゴミ漁りですが、最近は厭《あ》きてきてしまったのと、日本社会の均質化のせいでゴミに地方差があまり見られなくなってきたこともあり、やめてしまいました。

ともあれその土地の独自性が顕著にあらわれるのが食生活です。長寿日本一などとはしゃいでいられぬ情況に陥りつつある沖縄ですが、アメリカ流の食事の影響だけでなく、日本社会の均質化が沖縄の食生活にも及んできているということだと認識しています。

ああ、そうだ。はっきりさせておきます。琉球の人には長年かかって培ってきた味覚があります。よそから来た私があれこれ琉球の食物を撮《つま》み食いして品評するのはおこがましいという自覚をもっています。

たとえば関西人が東京にやってきて、うどんの汁が黒くて塩辛いと文句をつけるのは、関東の人間にとってじつに腹立たしいものです。てめえの基準で物を言うな、ということですね。それにもかかわらず私が沖縄の食い物についてあれこれ書くのは、私にとって沖縄の食い物が日本の中でもとりわけ旨い！　ということに他ならぬからです。ポークたまごのような料理以前の食い物だって、凄《すご》く旨いのだから沖縄の人のセンスには脱帽です。つまり大衆食堂がもっとも充実しているのが沖縄なのですね。

そんな沖縄の安価にして旨い食い物の代表が、沖縄そばです。けれど私は東京の出身であるせいか、沖縄のグルメな人間が旨いというそばを、まずいとは思わないけれど、あまり旨いとも感じないのだ。あまり旨いとも思わない代表格が、首里にある超有名店ですね。あんなおちょぼ口みたいなそば、納得いきません。もっと下種《げす》にいって欲しいのだ！

このあたり、よそから来た私があれこれ琉球の食物を撮み食いして品評するのはおこがましいという自覚——につながるのだが、これは私の書くものであるから、私の基準で書く。ついでに、ですます調もやめる。

沖縄に遊びに行きはじめた最初期からあれこれそばを食いまくったが、その当時、旨いと感じたのは名護の丸隆そばだった。元祖ソーキそばと銘打たれていたがほんとうに元祖ソーキなのかは不明だ。

麺《めん》が東京の三倍くらい入っていたような気がするし、やたらと広い店内が印象にのこっている。すなわちなんでもかんでもが大づくり。メニューはソーキそばとイナリ、白飯、ジューシーのみという潔さ（当時）、黄色いプラスチックのコップに水とお茶をいっしょにもってきて、さらに皿に（重篤なオヤジの病、駄洒落《だじゃれ》ですぅ）ソーキの骨を吐きだしながら無我夢中で食った。丸隆そばは麺がけっこう旨い。ただし最近は訪れていないので、保証の限りでない。

麺が旨いといえば首里の御殿山《うどうんやま》だ。ただし古い建物や小高い丘の上といったその抜群のロケーションは魅力的だが、もうすこし下種であってもいいかな、と下種な私は心密かに思う。私が行くと、なぜか途轍《とてつ》もなく混んでいるのも（いつも繁盛しているのかな）減点だ。そばなんて簡素な食い物は、ささっと食えるのがいちばんんだ。

下種といえば国頭郡《くにがみ》大宜味村《おおぎみそん》津波の前田食堂だ。ここは嘉手川《かでがわ》さんに連れていってもらったのだが、北部に前田食堂ありと、かなり有名な店らしく、牛肉そばが尋常でない。もやし炒めとそばが対等にあるとでもいえばいいか、味付けも含めてそれぞれ独立したものがなんの考えもなく組み合わされていて、もう吃驚《びっくり》。盛りあがったもやし炒めのせいで麺なんてまったく見えない。

そばといえば普通は、とりあえず麺をつるつる、スープを啜《すす》り啜りという具合だが、はっきりいってこの牛肉そば、もやし炒めをある程度平らげなければ麺に至ることは不可能である。味ですか？　牛肉もやし炒めの胡椒《こしょう》の辛みが過剰で、どんなものかと思いもするが、旨いまずいをはるかに超越した代物であるがゆえに、これを空腹のときに搔っこむと思いのほか幸福になってしまうのだ。腹が空いていないときに食ってこいつを論評するのは愚の骨頂だ。

下種も行き過ぎると腹立たしいという好例が那覇は某スナックだ。これは特に名を秘すというわけではなく、あまりの酷さに名前を忘れてしまったのである。

べつにスナックにそばを食いにいく気もないが、そのスナックのマスターが、うちのそばは旨い旨いと連呼するので、どんなもんかと注文してみて呆れた。スーパーなどで売っている袋入りの生麵を取りだしたあたりから嫌な予感がしたが、さらにS食品の沖縄そばだし——三〇〇ccのお湯で溶いてはい出来上がりというインスタントそばだしだ——が登場した時点で、自分ちで空腹をまぎらわすためにそばをつくるんじゃないんだからよ、と悪態をつきたくなった。

七〇年代、京都にあったブルースを聴かせる某喫茶店でコーヒーを注文したら、クリープ入れはりますかと訊《き》かれ、ネスカフェ味のコーヒーを啜ったことを思い出しつつ、その某スナックのそばを最終的には面白がって平らげてしまったが、いま思い返すと微妙に腹が立つ。さんざんぼったくりやがった挙げ句に、そんなもん、勧めるな。

讃岐《さぬき》うどんのことも書いておこう。そばが幅をきかせている那覇にも讃岐うどんの店があるのだ。店名その他、完璧に覚えてはいるが、商売のじゃまをする気はないので讃岐うどんの店、とだけ書いておく。

以前、取材のためにRホテルに一月近く滞在したと書いた(夕食バイキングのステーキがゴム草履化していたホテルである)。このときに私は毎日、裏路地から裏路地へと歩きまわった。ちょうど台風の季節だったが、台風がきたらきたで、ホテルの人が制止するのもきかずに外出して強風に煽《あお》られながら街路樹が吹きとばされるのを観察しにいった。

それはともかく讃岐うどんの店である。私はこの店を見つけたとき、よい胸騒ぎを覚えた。店内にはいると客はゼロだった。おばちゃんとお婆ちゃんの境目にあるような女性が店主で、気のなさそうな顔で私を見た。ますます気にいった。これは小説につかえるという物書き根性が全身に横溢《おういつ》した(ちなみにこの店は角川書店から出版する予定で六〇〇枚ほど書いて放置したままの〈針《ニードルス》〉という作品に登場する)。

私は讃岐肉うどんを注文した。

するとおばちゃんはおもむろに袋入り生麵の袋を裂いた。讃岐うどんと謳《うた》っていながらも、どこにでも売っている袋入り生うどんである。肉も白い合成樹脂のトレーにのったスーパーで買ってきたものだった。汁は濁った塩味で、はっきりいって、これほどまずいうどんを讃岐うどん専門店と銘打って商売で提供するのだからたいしたものである。

私は嬉しくなって、翌日も、翌々日も、幾日も昼食となるとこの店に通い詰めた。ところが沖縄の人にはめずらしく、おばちゃんは人見知りするたちのようで、私と目を合わせようとしない。怖がられているだけだったのかもしれないが、常に無人のこの讃岐うどんの店は私の創作心を大いに刺激した。ああ、死ぬまでに〈針《ニードルス》〉を仕上げられたらいいのだが——。

最後に私がいちばん気にいっているそばの店を紹介しておこう。コラムニスト勝谷誠彦さんが小説ｎｏｎで日本中の色街で飲み、かつ買うという連載をしていたのだが、担当編集者から沖縄に出向くことを聞きつけた私は強引に取材に同行したのだった。

この担当編集者は風俗に出向くと必ず延長を致すことから、延長先生というミドルネームをもつ祥伝社、Ｓ口君で、そのときの飲むや買うについては黙秘いたしますが（とはいえこのときの行状はノンフィクションに見せかけることを念頭においた実験的な短篇小説集〈虹列車・雛列車〉に収録されている〈癈鶏の〉という作品に虚実入り乱れて詳述されているが）、取材旅行中、Ｓ口君が見つけだしてきた歓会門というそば屋が私にとっては最高に旨かったのだ。

宜野湾《ぎのわん》市大山にある歓会門は支店だそうだが、私は那覇にあるという本店は知らない。ＪＡ

アロマ温泉がごく近くにあり、コンベンションホールや宜野湾高校も近いそうだ。木灰をつかった昔式のおいしい手打――だそうだが私は歓会門のソーキそばを食って、沖縄そば食い史上、最高の満足を覚えたのであった。

じつは、この章を書くにあたって歓会門から通販でそばを一通り取り寄せ、自分で茹《ゆ》でて食ってみたのだが、旨いのだよ。じつに旨い。まちがいなく旨い。とにかく麺が旨い。艶《つや》といい歯ごたえといい抜群だ。そしてソーキが旨い。軟骨までボリボリと食い尽くせるのだが、口のなかで粉のようになった軟骨を汁で喉に送りこむ快感ときたら!

また、店で働いているおばちゃんがすれていなくて親切で、自分たちのつくるものに誇りをもっていてとても気持ちがいいのだ。味よし、量よし、人もよしときたら、問答無用で最上です。

第十二章　悲しき人買い（1）

さて、新しい章です。食欲の次は性欲だ、などと甘く横柄に構えていた。ところが、筆がすすまない。十二枚ほどの文章を書くのに四日ばかり費やして、けれどまったく前にすすまない。書くことがないわけではない。それどころかその多くを端折《はしょ》らなければならないほどに大量の題材がある。けれど小説というフィクションのかたちであっても執筆に躊躇《ためら》いがあるのに、いかに主観的な体裁をとっていようともノンフィクションの体裁で自分の人買いの記録を人前にさらすのは、まったく、なんとも、居たたまれない。

かといって沖縄における売春のこと（私にとっては買春だ）をノンフィクションの体裁で出版したことがないわけではない。ただ、その本は、じつは私が喋《しゃべ》ったことをそのまま原稿に起こした聞き書きであり、私はなにも書いていないのである。能天気に喋ることと書くことがこれほどにまで差異があるとは、いまのいままで思ってもいなかったというのが正直なところだ。

ああ、どうしたものか。呻吟《しんぎん》しちゃうよ。頭のなかがCondition one!（沖縄で暮らしている人には意味がわかりますよね）だぜ。

〈沖縄を撃つ！〉を書きはじめるにあたって、私は極力資料的なものを排することを自らに課した。自らの見聞、それも〝見〟に重点をおいて、自分で目の当たりにした事物、自分で体験した事柄を書き連ねていこうと決めたのだ（付随して、若干意味合いが違うが、男性を男と表記するので、女性も女と表記統一することを断っておく）。

だから、沖縄の公的な遊郭は十七世紀、摂政羽地按司朝秀《はねぢあじちょうしゅう》によって仲島（現在の那覇は泉崎のバスターミナル近辺）につくられ、さらに辻や渡地も認められ——といったことを他人事のように書き連ねる気にはなれないのだ。私が書くべきは、現在はソープ街となった辻のことであり、社交街と呼ばれ、既得権益化して堂々と営業しているチョンの間売春のことだ。

チョンの間売春はなにも沖縄の専売特許ではない。日本全国、どこにでもある。特別なものではない。良識ある方に教えてあげると「町田に、ですか」と驚かれるのだが、東京にだって知る人ぞ知る田んぼと呼ばれる一角がある。関西では飛田《とびた》が有名だ。チョンの間ルールでもあるのか、経営形態および料金は全国的にほぼ統一されている。遊んだあとの悄然《しょうぜん》とした虚しさも全国統一されているがごとくだ。

男ばかり遊んで腹立たしい、というお姉様には、新宿二丁目を紹介したい。あそこはゲイの街でしょう、という貴女は認識が甘い。若い男の子を取り揃えてあるウリ専バーというものがある。もともとはたしかにゲイのニーズに合わせた商売であったが、目端のきく女がウリ専にいる男の子がノンケ、すなわち同性愛の傾向のない青少年ばかりであることを知り、ならばかまわないでしょうと購入に赴くようになっている。

なぜノンケかといえば、求人誌にホスト募集出勤自由日給ウン万円以上といった調子のよい広告が載っているわけで、巧みなところは事務所が二丁目でなかったりするのです。だから地方からでてきた少年など、簡単に引っかかる（蛇足だが、某女性週刊誌の求人欄に新宿の某高級ソープランドの募集広告が載っていたのには驚いた。コンパニオン募集とあったんだけれど、日給十五万以上のコンパニオンなんて、どこにある！）。

けれど、いくらなんでも同性愛の気がないのに軀《からだ》を売るのか、という疑問を抱かれるだろうが、人間は金に弱いのだ。その気がない自分が能動的かつ積極的に作動するのは不可能であっても、咥《くわ》えたりベビーオイルを塗った尻の穴を貸すだけで簡単に金が入ってくるとなれば、急に人類皆兄弟といった人類愛に目覚めてしまい、たまたま相手がテクニシャンであれば前立腺を刺激され、無限の射精感を味わわされて敷布《シーツ》を汚しまくり、男に興味がなくともその超越的快感だけでゲイにのめり込むということも起こりえるわけだ。

肛門性交について、ひとつ重要なことを指摘しておく。衆道《しゅどう》と称して過去、日本国においては男子の嗜《たしな》みとして肛門性交が常態化していたわけだが、なぜ、これほどもてはやされたのか。精神的なものでこれを解釈しようとするあなたはじつに甘い。ゆるい、ともいえる。

解剖学的に考察してみよう。女には膣がある。当然ながら膣は肛門と隣接してある。つまり空洞がふたつ並んだ構造となっているわけだ。女と肛門性交に至っても、たいして感動および快感が得られないのはこの構造に由来する。つまり赤ん坊まで通り抜けることのできる膣の可塑《そか》性が肛門にまで影響するのである。下卑た言い方をすれば女の尻の穴は締まらない、というわけだ。以下略——。

すっかり話が逸脱してしまった。ウリ専バーに所属する青少年たちは、もともとがノンケですから女の相手をすることになんの問題もありません。店主もお金さえ入れれば、相手の性別は問いません。

もっとも彼らに話を聞いたところ、肛門を貸すだけでいいのでゲイを相手にするほうがよっぽど楽だとのことだが、たしかに受け身であればいいのと、どのような御面相の御相手が出現しても、きちんと勃起させなければならないのとでは、相手が女のほうが厳しいのかもしれない。ともあれ実際的なことを書けば、連れ出し料金が五千円だったたか。あとは知りません(忘却の彼方なり)が、ホストと遊ぶよりはずっとリーズナブルですし、ゲイの審美眼に適《かな》った面立ちの整った青少年が入手できます。

ところで沖縄在住、あるいは沖縄のことを飯の種にしたことのある文化人と称する薄気味悪い人種、なかでも小説家でありながら、沖縄で女を買ったことがない者がいるのだろうか。

もし買ったことがないなら、それは作家として絶望的に怠慢であり、なによりも人買いの悲しみを知らぬようでは沖縄についてを、あるいは女についてを書く権利がない（だからといって買いまくった私に書く権利があるわけではないが）。あるいは、買ったことがあるくせに一切頬被《ほおかぶ》り、聖人君子面をして新聞のコラムに文化人面してなにやら偉そうに書き記しているとしたら、唾棄《だき》すべき偽善野郎である。

なぜ、日本の南の果てである沖縄では女が安く売買されているのか。

おなじく、なぜ日本の北の果てである北海道は札幌で女が安く売買されているのか。

沖縄では覚醒《かくせい》剤が安く入手できるそうだ。けれど北海道において使用者は日本でもっとも高価な覚醒剤を入手しなければならない。つまり南からイカ釣漁船に載せて延々北上しなければならないので、輸送料金が嵩《かさ》むという次第、経済原理および原則は覚醒剤といったものにまで、当てはまるのである。また現在は北朝鮮からの覚醒剤が多いようで、それがどのように経由して日本に蔓延するのか知らぬが、いちど輸送料金が嵩むという常識のようなものをつくりあげてしまえば、価格破壊を目論んで市場制覇を狙う者以外は、たとえ手間賃がかからなくとも高額で売りつけるだろう。

覚醒剤について書けば、漢方薬麻黄から有効成分エフェドリン、さらに覚醒剤の本体であるアンフェタミンおよびメタアンフェタミンを抽出したのは東大教授長井長義であり、それをヒロポンという商品名で発売、現在の覚醒剤禍のもとをつくったのは、日本政府が我が国にも本格的な製薬会社を興したいとドイツ留学中の長井長義を呼びもどしてつくらせた大日本製薬である。
ちなみにヒロポンはナチスドイツが兵士の戦意昂揚に用いたペルビチン錠が下敷きになっているようだが、特攻隊員にはヒロポンの注射用アンプル、軍需産業などで一日に十数時間労働を強いられる女学生などにはヒロポンに茶の粉末を混ぜた安価な猫目錠が与えられた。日独だけではなく、連合軍側も、たとえばノルマンディー上陸作戦のときには一億錠にも及ぶベンゼドリンというアンフェタミンの錠剤が兵士たちに処方されたという。

極力資料的なものを排することを課したくせに、資料をあたってヒロポン云々《うんぬん》を書いているのは核心にすすみたくない私の照れがまずあるのだが、それに加えて女や覚醒剤といったものにまで経済原則が絡んでくるといった当然なことの確認であり、さらには売春や覚醒剤までもが国家権力の都合によってつくりだされ、具合が悪くなれば取り締まられるということを示しておきたいからである。

まず、経済のほうのおさらいです。沖縄および北海道は女の価格が安いと書いた。いま始まったことではないが日本の北の端と南の端、どちらも経済的にうまくいっていない。当然ながら売春の価格も下落する。しかも職がなく、収入を確保するのが難しいとなれば売春を選択する女も増える。売り物が増えればさらに価格が低下する。ゆえによそからやってくる男どもは喜び勇んでススキノや真栄原《まえはら》に夜の観光旅行をいたすわけである。

次に国家の関与だが、そもそも摂政羽地按司朝秀によって仲島、辻、渡地云々——とあるように、江戸の吉原と同様、売春地帯には国家の意図が働いていた。辻は波之上《なみのうえ》と呼ばれていまでもソープランドなどが密集している。沖縄におけるその他の売春地帯の成り立ちはどのようなものかというと自然発生的なものもないではないが、根底にあるのは性の防波堤として行政が準備、設立したものだ。

本土でも米兵の性慾処理のために素人女が供された。終戦後、まだ米軍がやってくる前から内務省は特殊慰安施設協会なる組織を発足させた。進駐してくる占領軍兵士相手の女郎屋を国家が用意したのだ。呆《あき》れたことに、その国家公認売春組織は皇居前広場で設立式を行った。陛下の前で売春組織を結成し、銀座七丁目で売春婦集めをしたのである。その銀座RAA本部前の立て看板の誘い文句が秀逸だ。〈ダンサー及び女子事務員募集。年齢十八歳以上二十五歳まで。宿舎、被服、食料全部支給〉——ダンサー及び女子事務員？

これは国家による詐欺ではないか。

結果、集まったのは千人をこす食に飢えた素人娘たちで、娘たちは性交後の後始末に使うちり紙を与えられ、慰安施設に送りこまれた。初日に自殺者がでた。この愚劣な組織に金を出すことを決定した大蔵省主税局長の名を池田勇人という。後の自由民主党総裁にして総理大臣である。

沖縄においては、米軍占領後、駐留米兵による女がらみの犯罪、すなわち強姦《ごうかん》、殺人、住居侵入等が数年のうちに一千件を超え、狼狽《ろうばい》した警察が治安維持の観点から米軍慰安施設の設置を提唱した。要は米兵の性慾を押しとどめることができぬから、琉球の女を差しだして誤魔化す、というわけだ。もっとも女郎屋をはじめるにも米軍に陳情しなければならず、同様にコザ婦人会および村長が嘉手納《かでな》基地周辺に、米兵のセックスの捌《は》け口をつくらせてくれと米軍に陳情した。

婦人会というのが笑わせるが、その結果、八重島特飲街という名の売春地帯が嘉手納基地近くの原野につくりあげられた。百三十軒ほどの店と三百人の女が米兵の相手をしたそうである。もっともBCストリートと呼ばれる商業地区に売春業自体が移行して八重島特飲街は衰退し、往時の面影はほとんどない。そのBCストリートは一九八二年に県民、観光客を対象とする白いオープンアーケードが特徴的な商店街、中央パークアベニューに生まれ変わった。はっきりいって寂れている。商店街は難しい。けれど、ここのチャーリー多幸寿のタコスはけっこういける。昭和三十一年開店だから、売春地帯のころから米兵にタコスを食わせていたのだろう。

第十三章　悲しき人買い（2）

私はせまい場所が好きで、仕事部屋も我が家でいちばんせまい部屋を選んでいた。けれど時代小説等の資料が散乱しはじめて収拾がつかなくなってきた。そこで我が家でもっとも広い部屋に仕事場を移した。かったるい、というのが最もふさわしい言葉だろうが、とにかく面倒な作業だった。けれど、その作業の最中に十五年ほど前に撮った沖縄の写真を発見した。デジタルカメラ以前のカラー写真で、なかには変色がはじまっているものもあった。

沖縄の写真など、どうということもないといわれてしまいそうだが、写っているものの大部分は〈大学院〉〈クィーンアリス〉〈プレイガール〉といった看板も鮮やかな雨上がりの夜の波《なみ》之上《のうえ》ソープ街、洩れた裸電球の灯《あか》りに路面が波打つ〈カフェー・キング〉〈亜夢加〉〈おでん・満月〉といった真栄原《まえはら》社交街のチョンの間などの写真で、それが大量に見つかったのだ。写したことさえ忘れていたが、無数にあらわれた深く澱《よど》んだ夜の光景に思わず見入ってしまった。

以前、ライター兼カメラマンと真栄原に出かけたことがあるのだが、彼は日のあるうちに真栄原社交街入り口のアーケード状の看板を撮っただけで、いざ夜の社交街のなかに踏み入ったときにはカメラを構えようとしなかった。

たしかに売春街の写真を撮っていると、いつのまにやら怖い人に取りかこまれたりもする。相手は売春の証拠写真を撮られてはたまらないから、気付けば回収にあたるだろう。だが、そういう情況になったら突っ張らずにフィルムをわたして謝ればいいだけのこと、どうということもない。

在るものを在るがままに撮りたい、という慾求をもつのは私のような素人であっても当然のことだ。そんな開き直りがある一方で、相手が景色でもないかぎり、撮られる側の感情という問題もある。盗み撮りなどという言葉があるように、撮るということ（ときには書くということ）は、権利であるというわけでもないようだ。表現に携わる者は、どこかで自分の職業が賤《せん》業《ぎょう》であるということを意識していないとまずいのかもしれない。

沖縄諸島の主島、面積約一二〇〇平方キロメートルほどの沖縄島には、その面積に対して、あるいは人口に対して過剰な量の売春をする者とそのシステムがある。私が当初、沖縄に興味をもった理由は、盛んすぎるといっていい売春に対してであった。当然ながら沖縄県民は、こういったことには触れてほしくないだろう。けれど、沖縄県民にどうしても知っておいてほしいことがある。

私は風俗産業の経営者などに友人が多い。小説家という職業柄、表にはあらわれることのない種々の情報をもっている。だてに遊び歩いてきたわけではない。噂にすぎぬようなものから、事実まで、軀《からだ》を張ったデータをもっているということだ。売春は、なにも沖縄の専売でも特許でもない。日本中どこにでもある。関西もなかなかに盛んだ。

風俗で働く女は嘘をつく。客も見栄と嘘で塗り固めた略歴で迫るのだから、どっちもどっちであるが、出身地など平然とでっちあげる。日本全国を渡り歩く風俗嬢が多いので、しばらく暮らしたその土地を自分の故郷に仕立てあげるのだ。なかには東京は港区六本木の俳優座劇場の前のマンションが生家であるといった強気なことを吐《ぬ》かしたせいで、ちょいと私が地理的なことを突っ込んだとたんにすべてが瓦解してしまった女もいるが、こういった極端さえ口ばしらなければ、多少の土地勘があれば、まあ嘘もばれないだろう。なにしろ男は排泄《はいせつ》にやってきているのだ。時間との戦いだ。女の出身地を尋ねるといったことは、距離を縮めるための陳腐にして手垢のついた挨拶のようなもの、どうでもいいことだ。だから風俗で働く女は軽く嘘をつく。べつにそれを糾弾するつもりもない。私も職業を問われれば、大工だと答えておく。もちろん手を握られたとたんに掌に肉刺《まめ》が全くないことに気付かれ、大工という嘘は露見してしまう。手の綺麗な人はやくざという先入観で相対されてしまったことさえある。

ともあれ彼女らの口にする出身地はあてにならないということだが、経営者は彼女らに履歴書などの提出を求めるわけで、履歴詐称がないわけではないが、なにかあったときのために本籍などはわりと正確なものが記されているそうだ。そんな経営者（複数）から教えてもらったのだが、関西における風俗、含みのない言い方をすれば売春に携わる女の子の一大供給地が沖縄である、とのことだ（同様に関西では、どちらかといえば底辺の肉体労働に類するものに従事する沖縄の男も少なくない。現在はどうか知らぬが、私が京都で暮らしていた三十年以上前のアルバイト先での体験だが、彼らのお国訛《なま》りを物笑いの種にして昼休みが終わるといった情況があった。京都は隣県の滋賀出身者に対して、滋賀の山猿などと平然と言ってのけるきつい土地柄ではあるが、集団就職でやってきた沖縄の青年らに対する侮蔑《ぶべつ》には尋常ならざるものがあった。沖縄県民虐《いじ》めがはじまると、東京者の私は胃のあたりが縮こまるような居心地の悪さを覚えたものだ。話は戻るが、関西における売春に携わる女の子の一大供給地が沖縄である——というのは私の思い出話ではなく、現在のことである。念のため）。

どぅる天が美味《おい》しいので残念だが、客が薄気味悪いので立ち寄らなくなってしまった安里《あさと》にある家庭料理の店がある。立ち寄らなくなったきっかけは行き先をタクシーの運転手に告げたところ、「ああ、あの学校の先生みたいな人が集まってるところですね」と皮肉な声で返されたからだ。学校の先生ならともかく、学校の先生みたいな人と思われてはたまらない。この店には、まさに学校の先生みたいなインテリ層が集うのだが、さりげなく聞き耳を立てていると、あるいは聞きたくなくてもあえて周囲に聞こえるような大声で、琉球の現状と将来についてを、途轍《とてつ》もない高みに立って捲《まく》したてていらっしゃる偉人に出会うことがある。酔っていらっしゃるのだから大目に見てやりたいが「てめえは同胞が大阪で股をひらいて北中城《きたなかぐすく》の実家に必死で仕送りしているのを、どう思うんだよ」と絡みたくなって心穏やかでいられない。私は余所《よそ》者である、と必死に気持ちを抑えているのだ。

いいか。いま、貴様が偉そうにくだを巻いているその瞬間に、同胞の、まだたいして年端もいかぬ女の子が年齢を偽《いつわ》って関西で股間を売っているのだ。おまえの人民民衆に対する理想とやらはいったい何なのだ。おまえが為すべきことは、酒を飲んで大局を語ることではなく、手をつないで基地のフェンスのまわりにまとわりつくことでもなく、実質的な行動、テロルに類することではないのか。大和は貴様たちのことなど歯牙にもかけていないのだ。

大和からこれほどにまで蔑《ないがし》ろにされているのに、その鬱屈《うつくつ》を酒の酔いにまかせて発散して得意がっているインテリと称するゴミの愚劣さには反吐《へど》がでる。なにが癒しの島か。屑《くず》どもが。気取ってるんじゃねえ。おまえの妹が大和におまんこを売っていることに気付きもしない貴男の感受性には恐れいる。怒りと寒気を覚える。

こう書くと、彼女らは個人的に金が欲しくて軀を売っているにすぎないと開き直るのかもしれない。けれど、これだけは、はっきりさせておこう。彼女らに職業選択の自由があるならば、そして選択した職業から充分な収入が得られるならば、彼女らはあえて売春を選ぶことはないだろう。職業選択の自由、すなわち日本国憲法第二十二条はまさに画餅《がべい》にすぎず、学歴が中卒の私は実感としてそれを理解している。私は三十過ぎで小説家になるまで、肉体労働にしか就けなかった。それ以外の職業選択の自由がなかったからである。彼女らに学歴があったなら、彼女らの実家が彼女の収入をあてにせずにすんだなら、彼女が自分の欲しいものを躊躇《ためら》わずに買うだけの収入が得られる職業に就くことができたとしたら、股間を大和の男に曝《さら》す必要もないし、出身地を偽る必要もないのである。

感情的になってしまった。けれど感情を剝《む》きだしにしても通じないことがある。どうせ奴らは今夜も酒を飲んでくだを巻いて自己満足して終わるのである。そこには琉球民族の誇りなど、欠片《かけら》もみられない。悲しいね。琉球の女の子も、琉球のインテリも、どちらも悲しい。

基地のない平和な島か。ごもっともだ。けれど、おそらく民主主義では米軍基地はなくならないだろう。誰かが連続して命をかけなければ、すなわちテロル的手段に訴えなければ、多数決原理によってちいさな島のちいさな声は掻《か》き消されてしまう。平和が闘争によってしかもたらされぬという弱肉強食的な現実がここには如実にある。

実質的に無関係な大和の人間である私にこんな能書きを垂れさせてしまう琉球は悲しいね。守礼もいいけれど、なんせ民主主義の多数決、きちっと怒らないと埋没してしまうのは当然のことだ。沖縄県民が思っているほどに、本土の人間は貴方たちのことなど考えていないということだ。悲しいが、これが現実だ。

さて——。関西で沖縄の女が性の出稼ぎに携わっているのと同様に、沖縄島には、あまりに性を売る場が多すぎる。これは私があれこれ吐かすまでもなく、男女ともに肉体労働がいちばん手っ取り早いという経済的な問題に帰結する。

たとえば繁華街松山と、〈とまりん〉こと泊港にはさまれた前島には本サロと呼ばれる本番サロン（そのままじゃないか）が百軒ほども集中していることを御存知だろうか。松山や泊港あたりは観光客であっても土地勘がある地域だが、それらにはさまれた前島が本サロ横溢《おういつ》地帯であることを知る大和の人間は少ない。看板に四十分五千円と書かれているところは普通のピンサロというやつであるが、ほとんどは四十分一万円と表示されていて売春をしている。沖縄ならではの統一料金だ。客引きが五月蠅《うるさ》いが、このあたりはぼったくりもあまりないと評判だ。沖縄に出向いた折は漫《そぞ》ろ歩きなどしてみるといいだろう。

もっとも育ちのよい方のなかには、本サロとは具体的になにをするのか想像の埒外《らちがい》であるという方もいらっしゃるだろうから、あえて解説してみよう。店内にはいると、どこでも申し合わせたようにミラーボールがさがっているが暗いのであまり意味はない。仕切りはカーテンのみといったシンプルさで、隣席の絡みも生々しく伝わってくる。このライブ感がたまらないという愛好家の言葉である。ボーイに一万円也を手わたすと、しばらくして女の子がやってくる。女の子は酒ではなく烏龍《ウーロン》茶などを飲む。ハードワークなので酒など飲んでいては仕事にならないからである。やあやあこんばんは綺麗だね君いやだお世辞うまいさあそんなことないって東京には君みたいな綺麗な子いないねあら東京からなのいちど行ってみたいけど大阪止まりだからなあたし――といった会話のあと、いきなり女の子が全裸になるのが前島流らしい。客だってノリで全裸だ！　で、相性がよければ接吻も可であるが、そうでなければやんわりと顔をそむけられてしまう。次に避妊具をかぶせた利かん棒を口で咥《くわ》えて育ててくれる。可能な状態になればソファーに座った貴男のうえに彼女が跨《またが》るという体勢、すなわち坐位で性交に及ぶ。もちろん違った体勢でもいっこうにかまわないが、せまいソファーのうえであるから無理がある

——などと書いていたら紙幅が尽きた。以下次章です。

第十四章　悲しき人買い（3）

私は本サロが嫌いだ。苦手だ。理由は騒々しいからだ。言葉の遣《や》り取りが満足にできない場合が多い。しかもいわゆるボックス席にすぎない場所である。すべてが筒抜けで、蒸れた空気が揺れる。周囲の熱狂に臆《おく》してしまうのか、なかなか動物になりきれない弱さが私にはある。だから誘われれば付き合いで店内に入りはするが、じつは欠伸《あくび》まじりで、するべきこともしない。身を寄せてくる、汗ばんだ女の子の体重をどうにか支え、それ以上はいいからと囁《ささや》き、曖《あい》昧《まい》かつ不明瞭な笑いを泛《うか》べてしのぐ。自意識過剰は充分に承知している。

そもそも第一章に記したように私がいわゆる風俗で買春をするようになったのは、道を歩いていれば絶対に見向きもしないような女を、金を払ったがゆえに気力を奮いたたせ、努力して抱くという側面があった。私は異性に対する好みが細かく、自らの趣味に対しては奇妙なくらいに潔癖で、それこそ徹底して据え膳と鮑《あわび》汁《じる》を食わないような頑なさがあった。

嫌いなニンジンも食べられるようになろうね――というスローガンを心密かに掲げたのは、いつのころだろうか。もちろん冗談交じりではある。けれど道を歩いていれば絶対に見向きもしないような女に自ら積極的に声をかけ、口説くなどということはありえない。嫌いなニンジンを食うことを貫徹するためには、金銭を用いることが必須なのだ。

風俗とは詐欺の一形態である。そう規定してしまいたいくらいに、男の抱く幻想と現実との乖離《かいり》は凄《すさ》まじい。しかも奇妙な悪平等とでもいうべきものが蔓延《はびこ》っていて、日常生活においては、まず恋愛対象になることのない容貌魁偉《ようぼうかいい》が登場しても、男は諦念《ていねん》とともに、なけなしの金をはたいて、払ってしまったのだから……と、自らを鼓舞しつつ、必死で咀嚼《そしゃく》する努力を強いられるのだ。

また商品交換を申し出にくい気配が微妙に漂っているのが風俗である。危うい職業に付きものの微かな暴力の予兆とでもいおうか、ここでごねると面倒がおきるかもしれないなと思わせる空気が確実に背後にある。それにめげずに商品交換を申し出てみれば敵も然《さ》る者、交換のたびに商品は不良品の度合いを増していくのである。大概の者は、それに懲りてしまい、商品交換を口にしなくなる。これもまあ初歩的な詐欺の手口である。

ただし、詐欺の一形態ではあっても、ある程度は資本主義原理に則《のっと》っていることを記しておかなければフェアでないだろう。不動産に出物なし、という言葉がある。安い土地には理由がある、ということだ。よい環境に住みたければ金を払えということでもある。風俗は不動産業にそっくりだ。安くあげようと思えば、出物なし、という現実を思い知らされる。けれど二時間に十万円也を支払う気になれば、環境も間取りも作りもしっかりとしたよい物件を入手できる。けれど不動産と同様、絶対はない。高価な買い物であっても、ときに失敗することがある。

はっきり書いておこう。私は天文学的な数の出物なしを味わった一方で、幾つかの例外的なよい店を知っている。例外的な店は、はっきりいって安価ではない。例外的な店とは経営者の志、あるいは女を面接するマネージャーの美意識にかかっている。高額の報酬を得られる店によい人材が集まるのは理の当然であり、その人材を選別する側の美意識がしっかりしていれば、基準からはずれた品を提供するようなことも少なくなっていく。

けれど、私は嫌いなニンジンも食べられるようになることを自らに課したので、私の友人が経営している美意識の城に入り浸って安逸と満足を貪《むさぼ》るわけにはいかないのだ。

結果、私は日本全国で、とりわけ沖縄県で嫌いなニンジンを食べられるようになる努力をずいぶんした。なぜ沖縄県かといえば、前述のとおり沖縄島にはたくさんの店舗が存在していることと、いくら酷いめにあっても、つまり容貌魁偉であっても、沖縄の女とは微妙な心的交流を為しえる確率が高いということによる。

偽善と嗤《わら》われるかもしれないが、私は嫌いなニンジンの物理的な仕組みや構造が知りたいのではなく、その感情が知りたいのだ。感情の襞《ひだ》や綾を知ったとたんに、その外貌などどうでもよくなる、というのはまさに偽善だが、けれど当初の嫌悪感などきれいに失せてしまう。よい感情は当然だが、女の悪い感情の発露も小説家という職業柄か私にとっては好ましい。

なによりも女のつくりあげた虚構、女の嘘が大好きだ。私はそれが聴きたいがために、自身に無理を強いてきたのだ。肌を合わせるのは感情を手繰りよせるためであり、はずすことのできぬ手順である。放たれる言葉は肌の触れ合いによって、ある切実を帯びる。だからこそ性交のみに特化された騒々しいだけの本サロは苦手であり、端《はな》から対象外であるというわけだ。

ああ、そうだ。観光旅行の折は国際通りの市場をひやかしたら、桜坂琉映（現・桜坂劇場）という映画館がある桜坂通りを散策しよう。近くの希望ヶ丘公園は市場という場所柄、餌《えさ》に不自由しないのか野良猫の天国で、昼間なら観光写真によくある陽射しに漂白された建物に真っ赤なハイビスカスが鮮やかに重なる、といった絵を見ることができます。ところがこのあたり、夜は本サロに変貌する。私は夜間探訪を試みたことはないのだが、趣味の人の情報によると、店内には照明がない！　そうで、それはそれで合理的、見ぬが花。闇鍋状態だそうです。

じつは私、ここ桜坂でめずらしく昼間から独特の気配を放っている店を見つけて好奇心をかきたてられ、そっとドアを押しあけたところ、比喩《ひゆ》でなくお婆さんが下半身だけ裸の作業衣姿の青年に跨《また》がっておりまして、「あらぁ、お兄さん、十分くらい待っててくれたらできるさー」と言われて、狼狽《ろうばい》気味に逃げだしたことがある。お婆さんひとりで、ほかに店員はいなかったが、あれは自発的なアルバイトのようなものなのだろうか。それともお婆さんが個人経営しているる店なのだろうか。いまとなってはよい思い出だが、とにもかくにも、この開けっぴろげさは私にはつらい。

では、なにが好みかといえば、風営法の条文に『浴場業の施設として個室を設け、当該個室において異性の客に接触する役務を提供する営業』とされる個室式特殊浴場、いわゆるソープランドが好ましい。つまり個室がいいというわけだ。

私が二十九歳の年の瀬だった。トルコ人留学生サンジャクリさんの抗議によってトルコ風呂という名称がソープランドに変わった。サンジャクリさんは繁華街で見かけたトルコの看板文字を勘違いし、故国に関係があるのかと思って入店してしまい、そこでなにが行われているかを知って衝撃を受けてしまったのだ。彼は厳格なるイスラム教徒であった。私はといえば京都に暮らしていた七〇年代、十八歳のころ、アルバイトをしていた土建屋の社長に滋賀県雄琴《おごと》の個室式特殊浴場に連れていってもらって以来、トルコ風呂という名称に馴染《なじ》んでいたのでなんとなく奇妙な感じがしたものだが、これは沖縄紀行である。昔話をしている余地はない。

那覇のソープ街は、波之上《なみのうえ》、辻二丁目周辺だ。もともと辻遊郭のあった場所である。雑に区分けしてしまうと、ラブホテル街とステーキ店が集中している地帯にはさまれているといっていい。二十四、五軒といったところだろうか。料金は日本でもめずらしい全店統一、総額一万五千円也だが、タクシーでソープ街に出向くと観光客料金で二万五千円になってしまう。しかも提携している店にむりやり押し込まれてしまう。ジャッキーステーキハウスが不二ホテル裏に移ってしまったのが残念だが、運転手にはステーキ88にやってくれとでも言っておいて、車を降りてから歩けばいい。もちろん肉で腹ごしらえをしてから出向くのもいい。

あなたは母乳を飲んだことがあるか。もちろん大人になってから、だ。茶に母乳をいれて飲ませるのは三島由紀夫だったか。私はここ波之上のソープ街で、母乳を飲まされた。三島のようにエロティックなものではなく、まるで水鉄砲のように母乳を飛ばす女から授乳された。

ほぼ正方形の、安っぽい空色をしたポリバスというソープにあるまじき風呂が据えてある個室だった。グラマーというのはほとんど死語だが、その女は身長も百七十センチ近くあっただろうか、巨大な臀部《でんぶ》と奔放な骨盤を誇るグラマーで、とりわけ乳の張り詰めかたは常軌を逸していた。

アフリカであったろうか。土でつくられた紡錘形の家がある。ああいったかたちをした乳房が引力に逆らって胸部から真直角に突出していた。青黒く血管が浮いていて、なんだか脈動を目の当たりにしているような気分になった。あまりに壮観なので、思わず左右各々の乳房に左右の掌を宛《あてが》って、その重量を確かめた。乳房は熱をもち、しかも金属じみた堅さがあった。もちろん重い。水の入ったバケツじみた重さである。

「凄《すげ》えな、これは」

「口、あけて」

「なに」

「いいから、口」

私が阿呆《あほう》面をさらして大口をあけたところへ、ジェット噴射である。私は顔中を母乳だらけにされて、なぜか大笑いした。乳は妙に甘く、しかもさらりとしていた。牛乳のような乳脂肪の濃厚さはない。いまでもあの生温かさが頬《ほお》によみがえる。

「いいのかよ、仕事して」

などと産後の心配をすると、女は雑に肩をすくめた。問わず語りに乳を搾らないと痛くてたまらないとぼやき、ベッドに移ってからも私に好きなだけ飲めと言う。

正直なところ、気持ち悪いというのは言い過ぎだが、微妙に腰が引けていた。けれど女は私を胸にきつく抱き込んで赤ん坊扱い、私は女の気分を害してしまうのもかわいそうだと思い、吸いはじめたのだが、ちゃんと覚えているものだ。乳の吸い方を忘れてはいなかった。女によると、うまく吸えない男もいるそうだ。

ちゅうちゅう気まぐれに吸っているうちに安らいだ。このまま温《ぬる》く甘い液体のなかに溶けこんで眠ってしまいたかった。けれど女は私の軀《からだ》を弄《もてあそ》び、仕事をしようと頑張る。たった一時間の恋愛であるから、安らいで眠りに墜《お》ちるわけにもいかない。奇妙な義務感で頑張った。つまり性交しながら乳を吸い、ときに言葉を交わしという按配《あんばい》で、安らぎと性衝動を行ったり来たりだ。

私は構造主義者ではないが、産後の軀は可もなく不可もなしといったところで、いや、思いのほかしっかりしていた。産後は弛緩《しかん》しているものであるとばかり思っていたが、これは個人差があるのかもしれない。

女は私に好意を、いや私のおっぱいの吸い方に好意を抱いたのだろう、商売上の演技ではなく率直に性を愉しみ、私の動作にあれこれ注文をつけだす始末だった。女が頂点で譫言《うわごと》のような言葉を発しながら後頭部をベッドに打ちつける仕種が面白く、私は女の勘所を探り当て、精一杯の奉仕をした。

いま思い返せば、充実した肉体は好悪の気分を押しのけて強い印象を残す。いずれ私はこの女との一時間を虚実取りまぜて短篇小説に仕立てあげようと考えている。女はおっぱいを飲ませはしたが、母乳横溢《おういつ》の原因となった赤ん坊のことは一切語らなかった。

第十五章　悲しき人買い（4）

七月中旬、那覇で比嘉《ひがすすむ》さんと会った。比嘉さんは〈カジムヌガタイ〉などの沖縄戦を描いた漫画の作者で、機会があったら会いたいと思っていた。元公務員であったとかで、風貌《ふうぼう》もそれを感じさせるのだが、よく考えてみると安定を棄て去って漫画家という自営業に飛び込んでしまったわけで、御自身の現在の貧乏を明るく笑いとばしていた。

比嘉さんは私のこの連載を直接読んではいないようだったが、誰からきいたのか小説誌において沖縄の悪所観光案内をしていて、沖縄県を貶《おとし》めていると教え込まれていたようだった。まあ、そのとおりなのだが、比嘉さんも最初のうちは、微妙に構えていたのがおかしかった。私は沖縄県のインテリにとって、それなりに疎《うと》ましい存在になってきたのだろう。よい傾向です。

北部は手長蝦淵《タナガーグムィ》に泳ぎにいったときだったか、射撃の訓練場があるのか、高速道路上に米軍の流れ弾だか弾丸だかに注意といった表示があった（私が運転していたのですが、超法規的速度でホンダエンジンを積んだローバーのレンタカーを走らせていたので、表示を正確に読みとることができなかったことをお断りしておきます)。

しかし弾丸に注意といわれてもなあ……。避けられるものなら避けたいですけれど(以下略)。

以前にも書いたけれど、もういちど念押しをしておきますね。多数決とは、マイノリティーの声を合法的に圧殺するためのシステムにまで堕落しております。そこで、沖縄県のインテリジェンスあふれるあなた方に、私から言葉を贈ります。――民主主義なんて、小悧巧《こりこう》な弱者のチープな処世術じゃねえか――以上です。

さて、悪所案内だ。前章の続きでソープです。ソープのつぎに紹介しようと思っているチョンの間などとソープとの違いだが、おなじ性交を売るのであっても、ソープは徹底した密着を売っているが(除く接吻)、チョンの間などは性器以外の肉体部位を極力触れ合わせぬためのメソッドが確立しているといっていい。で、基本的に沖縄のソープは女を選べません。チョンの間は相手の貌《かお》や軀《からだ》を吟味して選ぶことができます。肌の触れあいを求めるか、見てくれをとるか、究極の選択というには大げさだが、男としては、やや悩ましいところでしょう。

今回紹介しようと思っていた某ソープの某女だが、以前夕刊紙に連載していた〈女〉というコラムにその顚末《てんまつ》を詳細に書いてしまっていたことに気づいた。しかもこのコラムは一冊にまとまって角川書店から出版されることになっている。あまり露骨な重複は読者に失礼だ。けれどこの文章は小説という虚構ではない。話をつくるわけにもいかない。弱った。触れぬわけにもいかぬから、アウトラインだけ記しておこう。

Kさんと知り合ったのは、波之上《なみのうえ》をひやかして歩いているうちに仲良くなったソープのマネージャーの紹介だった。最高の女の子を紹介するから寄ってくれと彼から口説かれたのである。もちろん真に受けるほど初《うぶ》ではないが、どうせ買うのだから、と売り文句にのってやった。

驚いた。その容姿に目を瞠《みは》った。彼女は米兵との混血で、けれど小柄で、とても聡《さと》い眼差しをしていた。引きしまった体軀《たいく》もすばらしかった。初回は手抜きこそないが、あくまでもビジネスという調子で淡々と手順をこなし、私も客として充分に満足した。

明日もくる、と私が言ってもKさんは信用していなかったのだろう。なにしろ風俗通いの男は、なんだかんだいっても一期一会が好きなのだ。けれどKさんほどの容姿である。あえてほかの店舗にでかけて冒険、いや危険を冒す理由はない。翌日もあらわれた私に、Kさんはすこしだけ驚いた顔をした。私は翌日も、その次の日も、毎日店がひらいた直後に訪れて、Kさんを指名した。

いったんは東京に帰り、ふたたび那覇に舞いもどった私は、Kさんの部屋に出入りするようになっていた。彼女の部屋には真新しいスチール本棚があり、私と知り合ってから買い揃えたという私の本がずらりと背表紙を覗《のぞ》かせていた。Kさんは本にサインをほしがったが、私は照れもあり、面倒臭くもあり、それを断った。Kさんは押しつけがましいところの一切ない女で、二度とサインのことは口にしなかった。

夢のような生活、などという科白《せりふ》を吐くのは小説家としてどうかとも思うが、まさに夢のような生活だった。その詳細は〈女〉というエッセイ集に譲るが、ついにKさんと別れる日がきた。このころ私は四十代で、思春期のような熱や執着も遠い彼方のものとなっていた。東京にもどれば仕事、仕事、仕事、仕事というわけで、Kさんのこともよい思い出となりつつあった。

そんなある日、我が家に書籍小包がとどいた。手にしたとたんに胸騒ぎがした。端正な文字でKさんの名が記されていたからだ。小包の中からあらわれたのは出版されたばかりの私の著作と相応額の切手を貼った返信用封筒だった。

『はじめてお便り申し上げます。私は先生の一ファンです。ぜひ、御著書にサインをいただきたく、こうして失礼を顧みず、御著書を送ってしまいました。非礼をお許しください。先生のお仕事の御発展と御健康をお祈りいたしております』

これは同封されていた手紙の文面である。家族が小包をひらいてしまったときのことまで気配りしてくれていたのだ。このとき私が覚えた胸の軋《きし》みは、しいて表せば、かなり痛みに近かった。自己憐憫《れんびん》のたぐいかもしれないが、私はやはり人間の屑《くず》で、俯《うつむ》くしか対処のしようがなかった。

Kさんとの思い出は例外的なもので、過酷な現実は枚挙に遑《いとま》がない。なかでもこれは超越的に凄《すさ》まじい、といった一例をあげておこう。商売のじゃまをする気はないから、店名は略するが、まず店内にはいったときから苦笑が洩れてしまった。数ある波之上の店舗のなかでも抽《ぬき》んでて薄汚いのである。

べつに古ぼけていてもいいのだ。清掃が行き届いていれば問題ない。熊本は新市街の、日本一を標榜《ひょうぼう》するBというソープは、年季の入った店舗であるが、その磨きあげられたトイレの美しさは、数あるサービス業のなかでもまさにトップランクで、私はあそこまで清掃の行き届いたトイレを知らない。超一流といわれているホテルであってもBには及ばない。トイレ掃除をまかされているズック靴を履いたボーイは、舐《な》めろと言われれば舐められますと頷《うなず》くほどで、もし接客業に興味のある方は、ソープ嬢の対応もふくめて、ぜひBというソープランドを訪れてみてほしい。とはいえ、ここは店名をだされることすら嫌う完全会員制で、会員の紹介がないと顧客にはなれず、客に不自由していないこともあり、やたらと敷居の高い店である。

話をもどそう。その店のソファーは微妙に湿っていた。もともと湿度の高い沖縄であるし、お湯を大量に使うソープであるから致し方ない気もするが、黴《かび》くさいのは論外だ。臀《しり》が濡れてしまいそうな気さえするソファーにちんまりと座り、私はこれも経験であると自らに言い聞かせた。

ところが――。

××さんで御案内でーす、と間延びしたボーイの声に立ちあがり、ほころびの目立つビロードのカーテンの奥からあらわれた女を一瞥《いちべつ》して、世の中には金銭が一切意味をもたぬ世界があるということを思い知らされた。

彼女、××さんだが、フロアを裸足《はだし》でぺたぺた歩くのである。個室にはいって勢いよく着衣を脱いだ××さんは、痩《や》せてはいるがたるんでいるという微妙な肉体をもち、たれた乳にたれた臀を恥ずかしげもなくさらし、はやく脱げと私を急《せ》かすのである。伸び放題の陰毛までもが下向きになっているのが悲しいではないか。その気になれずに逡巡《しゅんじゅん》していると、私のジーパンのジッパーに手をかけてきたのだが、驚愕《きょうがく》した。

いまどき爪のあいだに垢がつまっている女なんて！　しかも灰汁《あく》かなにかだろうか、指先から掌が茶褐色に、まだらに染まっているのである。

私は彼女を押しとどめて、尋ねた。その複雑に汚れた手は、いったいどういうことか、と。

「昼間、鶏、潰したさぁ」

そう、笑顔であっけらかんと答える××さんだった。鶏をひねるのは、かまわない。私も農場で働いていたとき、鶏舎の係だったので、多いときには五十羽くらいひねったものだ。けれどいくら鶏を潰しても、たいして手など汚れなかった。

××さん、あなたのその爪のなかにつまっているのは、まちがいなく垢でしょう。私が小学生のころ、そういう具合に爪に黒々と垢をつめた子供がいました。私も泥遊びなどをして、そういう具合に爪を汚しました。

けれど××さんは意に介さず、煮え切らない私を裸に剝《む》いたのである。沖縄のソープは一万五千円という均一料金ゆえに、店舗によって遊戯時間が四十分、五十分、六十分と十分刻みで区別されていて、高級店を自称する店ほど所要時間が短いということになっている。もちろん高級云々《うんぬん》は自己申告のようなものであるから当てにはならない。××さんは図々しくも、「うちは四十分だから、きびきびいこうね」などとおっしゃるのである。

私は、きびきびから連想して、ひょっとしたら××さんの手を汚している灰汁のようなものは、サトウキビではないだろうか、などと善意的な解釈をする始末である。もちろん私はサトウキビをいじったことなどなく、いじると手に松脂《まつやに》でもついたような汚れが附着するのかどうかは判然としない。

なかば諦念《ていねん》にとらわれて、私は彼女に軀を洗ってもらうことと相成った。ところが彼女は薄汚い洗い場のタイルのうえに直接、ぺたんと座るのである。こういうことを書くべきかどうか、しかし書かずにはいられない。つまり彼女は目地に黒黴の目立つ流しのタイルのうえに幼女がするように脚をMの字にひらいて座り、下腹を密着させ、結果、その性器を洗い場タイルに押しつけるという体勢で、私の軀を雑に洗いはじめたのである。

なんとも投げ遣りなサービスぶりだった。嫌だなあ、と、つくづく思ったのは、私の軀を洗っているうちに、完全にではないにせよ爪の垢が落ちていったことである。石けんの泡で落ちるくらいなら、最初から手を洗っておけ！

××さんは、とても気がいい。けれどやることなすことお座なりで、正確にはとことんだらしないといえばいいのか、とにかくルーズで、それは感受性とでもいうべきものにもあらわれていて、私の露骨な嫌悪の表情にもめげることなく平然と対処し、しかもその対処が必ず投げ遣りにして手抜きであるという徹底ぶりであった。

ソープ嬢は店側から避妊具をはじめとした備品を高額で買わされる。××さんはもったいないから、という理由で私との交接に避妊具を省こうとした。できたら交接自体を省いてもらいたかったが、××さんは仕事が愉しみだ——つまり性交が趣味と実益をかねていると吐《ぬ》かし、私はせめてコンドームをつけてくれと哀願し、その薄膜に感謝しつつ、なかば強引に××さんに犯されたのであった。

この話にはオチがある。東京にもどった私は、生まれてはじめて毛ジラミの痒《かゆ》みを知ったのである。嗚呼《ああ》——。

第十六章　悲しき人買い（5）

前章の続きというわけではないのですが、一応、後学のために毛ジラミの対処法についてを記しておきましょう。ひょっとしたら、この文章を思い出して参考にするときが、貴方にもやってくるかもしれません。

まずは症状ですが、おおむね朝方に痒《かゆ》みを覚えるようになります。痒みには個人差があり、ぜんぜん平気な人もいるそうです。いずれにせよ下着に点々とちいさな血の痕がついていたら、まちがいなく毛ジラミです。もちろん出所は貴方の血ですが、おそらくは吸われたものの残滓《ざんし》、毛ジラミの排泄《はいせつ》物が下着に沁《し》みこんだものであります。

形状ですが、英語でcrab louseとあらわすくらいですから、蟹《かに》に似ています。雌のほうが大きくて、それでも最大二ミリ弱といったところでしょうか。丹念に陰毛を掻《か》きわければ、観察することができるでしょう。同時に陰毛の根元に産みつけられた卵も発見できるはずです。

基本的に性交渉によって移ります。腋毛《わきげ》や髭《ひげ》、ごくまれに眉毛に寄生する場合もあるそうですが、ほとんどは陰毛です。伝染病の伝播とは関係がないそうで、これは一安心。薬剤ですが、商品名スミスリンといいましたか、特効薬があります。粉薬ですが、振りかけるとぽろぽろ落下します。だが——。これで根絶したと考えたら大間違い。一度に五十個ほども産みつけられ、洗い落とされぬようにセメント状物質で固着しているという卵が、薬剤では死滅しないのです。孵化《ふか》すれば、またおなじことの繰り返しですから、薬剤では根絶できない。唯一の解決法は、産みつけられた卵ごと陰毛を剃《そ》り落とすことです。つまり棲処《すみか》自体を消滅させてしまう。

フランスでは、毛ジラミは悪い血を吸う益虫であるから取り尽くさぬほうがよいという言い伝えがあるそうです。異性、同性、とにもかくにも性的接触があるところ、皆が苦労しているのだな。現実には、寄生されたら悪い血云々などと長閑《のどか》なことを吐《ぬ》かしていられるはずもない。とっとと陰毛を剃りあげてしまいなさい。

波之上《なみのうえ》ソープ街は、じつは溜息が洩れてしまうほどに寂れている。いくら夜の遅い沖縄といえども、九時十時にソープ街をひやかして歩いているのがほぼ自分だけであるという情況を悟ると、困惑に近い気持ちを覚える。ネオン管の過剰な色彩と、べとっと湿った大気が憂鬱《ゆううつ》だ。

路上にしゃがみこんで、手持ちぶさたな苦笑いを泛《うか》べる客引きのボーイのぼやきを聞いているうちに、なんとかしてやらなければと安直な義憤に駆られたりもするのだが、もちろん、どうしようもない。波之上の不況は構造的なものだろう。

若い娘は過酷な奉仕的労働であるソープを嫌うのだ。チョンの間ならばサービス不要、アンアンワンワンイクイクシヌシヌと演技以前のわざとらしくも投げ遣りな喘《あえ》ぎ声をあげて騒いでいればあとは寝たきり、いわゆるマグロでも許されるのだ。

通いつめているうちに、波之上では経産婦と出逢う確率が高いことに気づいた。乳房を一瞥《いちべつ》すれば、いかにそのかたちが整っていようとも出産したことがわかってしまうという境地にまで達してしまった自分がやや疎《うと》ましいが、顔見せのチョンの間では商売が難しいタイプの女が、職を求めて波之上にやってくるのではないか。

在籍している女が経産婦でも私は一向にかまわないが、避妊具を用いても防ぎようのない毛ジラミは困る。彼女と出逢って以来、私は波之上のソープの衛生情況に若干の疑いの気持ちを抱いている。業界自体が沖縄ならではのテーゲーに落ち込んでいるのかもしれない。というのも、ソープランドは基本的に月二回、高級店などは毎週の検診（つまり診断書の提出）を女に義務づけているのである。ソープランド周辺には、彼女らの検診だけで成りたっている産婦人科があるのだ。受診さえしていれば毛ジラミなど一目瞭然で、しばらくのあいだ彼女は剃毛を売りにして商売をすればいいだけのことである。

毛ジラミで波之上ソープ街を締めようと思ったが、ソープ街周辺には、連れ出しスナックと称される買春施設？　もある。一応紹介しておこう。まずは酒を飲み、カラオケなどがなり、気にいった女の子がいたら連れだして、近隣のラブホテルへ行く。

これは沖縄県における風俗のなかでも、もっとも高価であるようだ。飲み代で五千円、連れ出しに五千円、女に二万五千円、さらにホテル代と聞いた。私はこの連れ出しスナックを訪れたことがないのでなんともいえないが、ちょっと高すぎるのではないか。

選択できるのだからいいかもしれないが、経験者談によると、気弱な者は逆に女のほうから選択されてしまって、強引にホテルに連れ込まれて金銭を強奪されるという。

単独ならば断ることもできるのだが、知り合いとこういう場に出向いて、相方のほうにかわいい女がついて盛りあがってしまったりした場合、友情とか付き合いといった名のもとに、もはや自滅するしかないのである。私は女(彼はオバサンと吐き棄てていた)から陳腐な身の上話を聞かされたあげくに具体的なことはなにもせず、なぜか代金を支払って漸《ようよ》う解放された男を知っている。

ソープ街の景色は、なぜか愚かさが充満している。絵にならないこと、このうえない。チョンの間のように端《はな》からシンプルにして最低限の空間でスタートしているならば、それは独特の風情にまで達するのだが、ソープの店舗ときたら目に見える部分ではハッタリをかまし、見えぬ部分では際限なく手抜きをして、なんだかスカスカの張りぼてなのだ。いわばチープな似非《えせ》ゴージャスとでもいえばいいか。しかも表の似非ゴージャスな設《しつら》えが古びて薄汚れて傾いてきても体力不足、放置されたままなのだ。一事が万事、このような調子でゆるゆると自滅していくしかない。

こういった場所に初めての者を連れていくと、さも得意げに「花村さん。俺についた彼女だけど、すっげー濡れちゃいましたよ」などと報告されることがある。私は「凄《すご》いね。やっぱ、おまえってば別格だよ」などとおだてておくのだが、現実は膣内に仕込んだローションが流れ出しただけのこと。数をこなさなければならない彼女らは、潤滑と膣の保護のために常にローションを用いているのだ。外で、プライベートで逢おうと誘われぬかぎり、単なる客にすぎないということを肝に銘じておいたほうがよい。

さてと——。

社交街に移りますか。いわゆるチョンの間です。明記しておきますが、ここの女たちも膣内にローションを仕込んでいます。現代の遊女には必需品なのです。もう、この時点で味気ないでしょう。人買いにはつねにこういった味気なさがついてまわるのです。日常的な恋愛におけるる性の交わり、その昂ぶりとはまったく別種の媾合《こうごう》であることを心の底に留めおいてください。

観光客である貴男が手っ取り早く社交街探訪に出向くならば、とにもかくにも桜坂といいたいところであるが、桜坂はポン引きのおばちゃんに袖を引かれることもある反面、なにも起こらず、なにも出逢わずということもままあるので、ここはさらにディープな栄町だ。

栄町は地元の人間しかいかない場所だが、那覇でいちばんの観光スポットである国際通りが崇元寺《そうげんじ》通りに突き当たる安里《あさと》三叉路を右に行く。国道三三〇号線の高架を抜けると右側に、栄町市場がある。市場はモノレールなら安里で降りて数分といったところか。

とりあえず私は、社交街よりもこの市場を散策することをお薦めする。栄町市場はバラックが寄せ集まって出来上がった戦後からの風情を残す市場だ。観光客相手にすれてしまった公設市場などでは味わうことのできぬアジアの気配とよろこび、そして愉しみがここにはある。

たとえば西平とうふ店で出来たてのとうふを買って、路上で食べる。ほんのり塩味がきいていてじつに美味《うま》い。外食に飽きたら、おかずの店かのうで総菜を買いこんで、ホテルで食べる。ソバが食べたくなれば栄町ボトルネックという飲み屋がある。自分で薬缶《やかん》から出汁をソバにどぼどぼ注ぐのだが、鰹《かつお》の香りがたまらない。もやしのヒゲを取っているオバァと雑談（猥談《わいだん》）をしたりすると、一日中気分がよい。

私は友人たちと沖縄に出向いても、この市場には連れていかない。これは独占欲というよりも頭数が揃ってしまうと、どうしても相手が怯《ひる》んでしまうからで、やはり単独で、路上にしゃがみこんで、相手とおなじ目線で言葉を交わすのがいいのだな。

さて市場で時間を潰して夜になった。市場から離れてそぞろ歩き、やがてあたりに妖《あや》しげな気配が充ちる。おそらくは旅館が二十軒ほどもあるだろうか。多くは説明しません。自分の足で歩いてみてください。大きな御世話かもしれないが、栄町で商っている女たちはかなり高齢である。べつに取って食われるわけでもないから、とりあえず観光旅行の延長として散策を愉しむというスタンスがよろしいと思う。無理して買うこともないのだ。社交街のスナックでオリオンビールでも飲んで、なんとなく風情に馴染《なじ》んできたら、お布施のつもりでお金を遣うのもよろしいでしょう。

なお国際通り近くには壺屋の南側、桜坂につながるようにして神里原《かんざとばる》社交街もある。私は夜にここを訪れたことがないので、詳述はできないが、昼間、散策して、その侘《わ》びしさに感じいったものだ。けれど神里原は戦後、米軍に接収されて那覇市が全面的に立入禁止区域になってから、最初に立入禁止を解除された地域で、いわば那覇再生の出発点であるらしい。

国際通り周辺でもこれだけの社交街があるのだが、そのほかの地域をいちいち当たっていくときりがないので、沖縄島でもっとも巨大な社交街である吉原を紹介しよう。場所は沖縄市のコザ交差点近く、美里一丁目だが、じつは米軍廃棄物処理場の上につくられたそうである。

吉原という名前は東京の吉原からいただいたとのことだが、あたりには吉原交差点や吉原児童公園という名称がある。社交街の愛称が、そのまま地名として定着してしまったようだ。吉原に出向くとき、この吉原交差点から入りこむと、そしてそこから北北西の越来《ごえく》交差点方向に潜りこんでしまうと、自分の母親程度の年齢が好みの者は歓喜するが、たいがいが悲しい思いをするという。美里大通りをマクドナルド方向に進み、いまも営業しているかどうかわからないが喫茶みねの坂道をあがるといい。

とにかく吉原は広い。しかも途轍《とてつ》もなく入り組んでいる。間違っても自動車で進入しないように。これはタクシー運転手が忠告してくれたのだが、地理をよく知らないと退くも進むも難しいという情況に陥ることもあるそうだ。なお、この運転手だが、吉原へやってくれと言ったら、何故？　という顔をして、物好きだと呆《あき》れられた。私は取材だと力説したのだが、よほどの年増好きと思われたようだ。

吉原は広大で迷路で、なかんずく敬老精神を刺激される社交街である。けれど栄町とおなじく買うばかりが能ではない。沖縄のほんとうの気配を知りたければ、吉原に出向いて亜熱帯の重く湿った大気のなかを俯《うつむ》き加減で彷徨《さまよ》えばいい。旅情は、こういった場所に隠れている。

＊吉原は敬老精神を刺激される社交街などと書きましたが、じつは真栄原の社交街のほうで取り締まりがあり、十二時以降の営業ができなくなったそうで、結果、若い女がいっせいに吉原に流れこんだそうです。ですから現在の吉原は大賑わいです。
こういったあれこれは、そのときそのときによって変化があるものです。ゆえに執筆時の原稿にはあえて手を入れません。

第十七章　悲しき人買い（6）

もう少しだけ吉原のことを書いておく。噂では、若い女の子がいる店は三軒しかないそうだが、それがあながち冗談とも思えないのが吉原の凄《すご》いところだ。しかも、はっきりいって寂れている。規模からいけば大阪は飛田新地と並んで日本でも最大級の売春地帯なのだ。たとえば韓国は釜山《プサン》の緑町（玩月洞《ウオンウオルドン》）における過剰な騒々しさは色街に似つかわしくないが（現在は法規制によって沈静化してしまったらしい）、だからといって吉原のように場所によっては廃墟《はいきょ》じみて感じられるのも微妙な困惑の気配をかもしだす。

それでもあえて吉原を訪れてみることをすすめるのは、前述のとおり旅情を愉しむためであり、感傷を肌にまとわせるためだ。

べつに薹《とう》が立った春を無理して買わなくてもいいのです。店にはいって、米兵のようにさりげなくアリオンと発音してオリオンビールを頼む。そんな気取りも許します。なにしろ旅先ですからね。もちろん吉原には残波《ざんぱ》がよく似合う。それも二十五度だったか、軽くてありきたりのやつがいい。間違っても古酒《くす》などと口ばしらぬように。で、カウンター越しに、おばちゃんと四方山話だ。頬杖《ほおづえ》などついて脱力したまま、開け放たれたドアから遠慮なしに入りこんでくる夜の湿り気を意識する瞬間の至福——。

不思議なもので、言葉を交わすと、彼女の生い立ちやら生活やら信条やら意見やらといった事柄だけでなく、色香まで感じられたりする。その色香が欲しくなったら、率直に申し出ればいい。気が乗らなければビールの代金を支払って店を出ればいい。金銭が介在するにしろ、貴男はおばちゃんと会話しているのです。十五分あるいは三十分といった時間に縛られて、脱いで間髪を容れずに交わるといった即物的な情況とはべつの親密を味わうことができる。それが言葉の力です。

さて、真栄原《まえはら》の社交街です。場所は浦添《うらそえ》市との境界にちかい宜野湾《ぎのわん》市、米軍普天間《ふてんま》飛行場の近くだ。沖縄本島における売買春とくれば真栄原と相場が決まっている。若い女が多い、選択できる、安価である（ただし若干だが価格体系の崩れもみられる）、那覇からアプローチしやすいことなどがあげられる。

真栄原の盛況を支えているのは、近くにある琉球大学や沖縄国際大学の男子学生の存在があげられるとのことだが、実際はどんなものだろう。学生は下手に優しくすると勘違いしてストーカー化するから嫌だと言っていた女の子がいた。

あえて明記しておきますが、買う必要はありません。買う買わないはまさに貴男個人の裁量にまかされているのです。けれど売買春の是非を語るためにも実際に出向きなさい。沖縄ならではの夜の熱気と湿り気をまとって彷徨《さまよ》いなさい。

真栄原に行くには、タクシーの運転手に真栄原とだけ告げればいい。それだけですべて通じます。初めて出向くときは、なかまで入らずに入り口で降ろしてもらうといい。〈飯でも喰うか（4）〉の章で紹介したますや食堂のある通り、県道三四号線沿いだ。青地に白文字で真栄原社交街と記されたアーケードらしきものが設《しつら》えられている。そこが入り口だ。

もちろん訪れるのは夜だ。昼間に出向いてもゴーストタウン、店舗は閉じられたままで何もない。歩くのは自由だが、こういう場所は地理を覚えてしまったとたんに昂ぶりの何割かが減じられてしまう。昼間、散策するのは慣れてからにしたほうがいいだろう。昼から営業している店もあるときいたが、私は昼間に営業している店に行き当たったことがない。また、夜といっても暗くなったばかり、一九時くらいだとまだ開いていない店もあるし、女の子の数も少ない。

けれどこの時刻は客も少ないので、冷やかして歩くにはちょうどいい。ひところの私はいつも午後七時くらいに出向いて、早くから客を引いている女たちと四方山話にふけったものだ。また客が皆無のときにそぞろ歩きを愉しんでいると、ときに男の妄想に立ちあらわれる、無数の女のなかに自分ひとりといった光景が実際に現出することもある。

もし私に人徳といったものがあるとするならば、こういう場所で女たちが商売抜きで無駄口を交わしてくれるといったところだろうか。おっと、人徳など悪い冗談だ。骨《こつ》があるのだ。まず単独で行動すること。そして、しゃがむことだ。女たちよりも目線を低くしてしまうのである。見おろしていては何も語ってくれない、ということだ。

私は断られたことがないので事実かどうかわからないが、真栄原新町における商売は、男が選ぶのと同様に売る側の女にも拒否権があるという。金銭を用意しているにもかかわらずNOと閉ざされてしまうことは、男の自尊心にとっては相当にきつい仕打ちだろう。断られる理由として真っ先にあげたいであろう不潔であるといったことは、じつはたいした理由にはならない。私は汚れ放題で出向いても、苦笑はされるが断られはしない。

実際にどの程度汚れ放題かといえば、私は十日程度の旅行は手ぶらなのだ。小説家のくせして筆記用具さえもたずに取材と嘯《うそぶ》いて顰蹙《ひんしゅく》を買うのだから、当然ながら着替えなどもたない。必要になれば現地調達する。だが往々にして面倒臭くなってしまい、体臭が薄いたちであるのをいいことに、おなじTシャツを幾日も着ていたりするのだ。パンツも同様である。

私の実感であるが、女は貴男が考えているほどに清潔であることに拘泥《こだわ》らない。それどころか愛する男の爪のあいだに詰まっている垢に発情すると告白した女もいた。彼女は男の汚れた指先で、軀《からだ》のなかをさぐられることまで思い巡らしているのではないか。男の体臭どころか尿臭を好む女もたくさんいる。ただそれをなかなか口にしないだけだ。

だいたいにおいて女が居丈高に口ばしる不潔云々《うんぬん》は、童貞、あるいはそれにちかい境遇の男性諸君には信じがたいかもしれぬが、彼女自身の不潔さを隠蔽《いんぺい》するための手管にすぎない。不潔の度合いに性差はない。潔癖な男がいるように潔癖な女がいて、不潔な男がいるように不潔きわまりない女がいるのだ。くれぐれも外面《そとづら》だけで判断しないように。

話がぶれてしまったが、もし、真栄原新町での遊びを断られてしまった場合、貴男は自身の醸しだすなにものかが女に強烈な嫌悪を催させるということを自覚しなければならないだろう。それは外面的な汚れに類することよりも、もっと奥深いなにかであると推察される。女という性は、基本的に男など比べものにならぬほどの包容力とキャパシティをもっているものなのだ。

こういう具合に記してくると、私は相当の遣《や》り手であるかのようだが、実際は嫌な思いもたっぷり味わっている。断られこそしないが、相性の悪い相手と間の悪い時間をもつことなど毎度のことだ。よい思い出は、ほんのわずかだ。けれど私は、恰好をつけているわけではなく、嫌な思いをしにこういった場所に出向いているのである。酷い目に遭うことによって見えてくるものを得るために、ときに嫌悪する自分に鞭打《むちう》ってきたのだ。

私が真栄原新町に初めて出向いたのはいつのことだろう。遠い昔、と気取っておこう。いまも昔も真栄原では行為の時間を計るためのタイマーが設置されている。それは味気ない電子音で区切られる性交である。しかも女によっては三十分一万円也ということであがっても「あたしの着替えに十分、後始末に十分かかりますから」などと教え諭すような調子で平然と吐《ぬ》かす。

服を脱ぐのに十分とはなにごとか！　残りの十分でこなせ、というのである。

まったく腹立たしいことだが、それでも私が真栄原に好印象を抱いてしまったのは、最初に肌を合わせた女が、思いのほか素敵だったからだ。彼女は問わず語りにタイマーの電子音が大嫌いであると訴え、私にカセットテープを示した。まだカセットテープが幅をきかせていた時代だったのである。

彼女は三十分テープを私に示し、カセットデッキにセットした。抑え気味に流れてきたのはソウルミュージックだった。しかも私も大好きなジョニー・テイラーである。私が女に好感以上のものを抱いたのもわかっていただけるだろう。

私は彼女に重なりながら切れのいいジョニーの歌声を聴いた。It's September とジョニーは歌っていた。こういった場所で心が安らぎ、かつ温かくなるとは考えてもいなかった私は、当然ながら彼女に労《いたわ》りの気持ちを覚えた。

A面が終わった。即ち十五分たったということである。彼女は「B面も聴く？」と訊《き》いてきた。私は頷《うなず》いた。当然である。彼女は手をのばし、テープのB面をセットした。

さて——。

私たちが真剣になったのは、B面が終わって無音になってからだった。窓さえない三畳ほどの狭い部屋に敷き詰められた硬いマットレス、そこに拡げられた大振りなバスタオルのうえできつく抱きしめあって動作した。汗でふたりの肌が接着された。女の腋窩《えきか》の香りがたかまった。

遠くで守宮《やもり》が鳴いている。女の啜《すす》り泣きと重なって、甘い熱気が重みをもって覆い被さってくる。女は私の腰に複雑に足を絡ませてきた。私の動作を規制して、きつい密着を促しているのである。ところが、そうされたとたんに唐突に兆しが這《は》い昇ってきて、私は女の耳朶《じだ》を咬《か》むようにして、そっとそれを訴えた。女はさらにきつい密着を求め、私の肩口を咬んできた。糸切り歯が刺さったようだ。鮮烈な痛みが腰部の痺《しび》れに重なった。私は目をあげ、古い、黒いカセットデッキを一瞥《いちべつ》した。瞬間、私はカセットテープのラベルに記された女の手書きの雑な英字をたしかめた。わざとくずしていることを直感した。ほぼ同時に控えめだが偽りのない声がお互いの口から洩れた。抑えてはいたが、とりわけ私の声は吼《ほ》え声に近かった。腰のまわりが烈《はげ》しく発汗していた。女は小刻みに収縮して、まだ私を搾りとろうとしていた。しばらくのあいだ、私は彼女のうえで荒い息を抑えきれずにいたが、それをどうにか整えて、そっと彼女を見やった。汗で額に張りついた頭髪の曲線を、素直に綺麗だと感じた。彼女が接吻をせがんだ。キスをして、と口にしたわけではないが、唇の気配で伝わった。私は娼婦《しょうふ》ときつい口付けをした。——ごめんなさい。この段落は、じつは虚構です。

実際はB面を聴き終わって、淡々と別れたのだ。とりわけドラマチックなことがあったわけではない。そしてつぎに出向いたときには、彼女の姿はなく、なかば自棄《やけ》気味だったのだろうか、まったく好みでない女に誘われるがままと相成り、癇《かん》に障るタイマーの電子音に追われて無様に、しかもかろうじて射精した。

真栄原の女は一晩に六、七人の客をとるという。私は彼女にとって無数の客のうちのひとりにすぎない。けれど私はこのときのことを忘れない。忘れられないからこそ、幾度も真栄原に出向いて、苦笑まじりの舌打ちを繰り返したのだ。

競馬などの博奕《ばくち》におけるビギナーズラックではないが、こういう場所に出向くと、どういうわけか最初だけは印象に残る相手に出会うことがある。とりわけ彼女とのことは、私にとって亜熱帯の幻想じみて、思い返しているうちに現実だったのか自信がもてなくなってくるようなところがあるのだが、彼女は娼婦であることを全うしていたがゆえに、じつに美しく、しかも健気《けなげ》だった。

第十八章　悲しき人買い（7）

偉そうにあれやこれや書いてはいるが、私も沖縄に対して幻想をもっていた。それは真栄原《まえはら》のような売春地帯に対しても例外ではなく、私の主観的真栄原は赤やピンクや青の光に充ちた迷路であった。

けれど、しばらく通いつめているうちに覚醒《かくせい》してきた。雑な舗装の路地に貧弱なバラックの群れは初めから織りこみずみだったが、やたらと広く入り組んで、迷路めいていた印象が、歩幅などからくる肉体的実感から否応なしに狭苦しい場所であることを悟らされてしまったところから、真栄原だけでなく、沖縄自体に対する幻想も消滅してしまったのだった。

沖縄も東京と同様に人々の暮らす生活の場にすぎない。楽園でもなければ、地獄でもない。人々の営みにおいて気候や地勢的条件、あるいは経済といったものが大きなウェイトを占めているのは事実だが、けれどもそれらは属性にすぎず、裸にしてみれば東京も沖縄もそのほかの土地も等号で結ばれてしまう。特別扱いとは、常に思い込みである。私も沖縄というブランドで着飾った女を賛美していた時期があった。

けれど、それは沖縄という属性を剝《は》ぎとった裸体と抱きあったわけではなく、私のほうが勝手に幻想をもって沖縄をブランド化、大仰なことを吐《ぬ》かせば神格化して、身勝手なセンスで分厚く服を着せていたのである。

ちょっと書きすぎてしまった。実際のところ、私は沖縄にとりわけ興味があったわけではなく、幻想をもっていたわけでもない。始まりは角川書店の編集者になかば無理遣り連れていかれたにすぎない。そのときに覚えたのは退屈だった。けれど退屈と切って棄てるには微妙なものが含まれていた。退屈は退屈でも、倦怠《けんたい》に分類されざるをえないもの、退屈だからなにかをしようという積極性の欠片を奪うもの、角川書店Sは、それを私に知らしめたかったのかもしれないが、憂鬱《ゆううつ》を含んだ倦《う》んだ熱気とでもいうべき気配を感知してしまったことが私の沖縄に対する特別扱いの始まりであったような気がする。そのとき私は沖縄という土地の属性のなかでも諦念《ていねん》とでもいうべきものを感じとってしまったようである。

私にとって沖縄とは諦めの島だ。

そして、いまだに諦念の島なのだ。

明るくふるまう人が明るい人であったためしがない。明るくふるまう人がほんとうに明るかったら、それはただ単に足りないのだ。笑いは常にバリアである。だから私はしつこく迫る。

娼婦《しょうふ》たちの唇の端に泛《うか》ぶ皮相な笑いを見つめに行け、と。

諦念云々《うんぬん》はともかく、沖縄に対して私と同様にあれやこれやの幻想を抱きがちなのが、いわゆるアウトサイダー（であると自身を規定したがる人）に属するインテリ層であるのが象徴的だ。これは沖縄に生まれ育った人のあいだでも顕著で、じつは沖縄のインテリほど沖縄に幻想を抱いている者はいない。

幻想とはなにか。

誰にでもわかるように身も蓋もない言い方をすれば——特別扱い——である。

ヤマトの一部の人間は沖縄を特別扱いしたくて、そして沖縄の一部の人間は、沖縄を特別扱いしてほしくて仕方がない。そのどちらも根はいっしょで、充たされぬ自己存在の問題が透けてみえて鼻白んでしまう。私はリタイアさせていただきます。なんせあまりに不細工なので。

幻想を棄て去るためには、あなたは一度、加害者にならなくてはならない。ススキノのソープで年齢をごまかしていることをあっけらかんと告白する名寄《なよろ》出身の小娘の二の腕の刺青《いれずみ》に対して偉そうに説教しながら腰を使うように命じ、東京は町田の田んぼで金くれ金金と騒ぐフィリピンの女の口に陰茎を押し込み、京都の五条楽園のお茶屋で使い回しの胡瓜の酢の物をつついてビールのゲップとともに尻の出来物が悪目立ちする大年増にのしかかり、沖縄は真栄原で女たちを見縊う。

すると理解できる。なんと、人は、みんないっしょで、底の底でなにやら臍《へそ》の緒《お》じみたパイプで繋《つな》がっていて、所詮《しょせん》は等号で結ばれてしまうイコールな存在にすぎなくて、頭と目ばかり使っているとインテリと称される幻想好きな新興宗教じみた同じ顔の人々にカテゴライズされてしまうということに。そうなりたくなければ（私の自己正当化にすぎないのかもしれないが）陰茎を使え。腰を振れ。しかも疎《うと》ましい金銭を用いて、だ。

うーん。なんだか懐かしい書きっぷりだ。その昔、こんな調子の文章がたくさんあったような気がする。アジるのは柄ではないのでもうやめよう。

とにかく私は真栄原新町に幻想を抱いていた。それが安っぽいものであるにせよ、特別扱いをしていた。だから無数の妄想を羽ばたかせることができた。奇妙なもので幻想とは幻滅した場合にも有効で、それどころか幻滅のなかにこそ幻想の種子が隠されているようだ。マゾヒズムの秘密がここにある。

まだ真栄原が私にとって蛍光色じみた輝きと得体の知れない拡がりをもった世界であったころ、那覇で漠然とした時間を潰していたときに退屈しのぎに友人だった小説家を呼び寄せたことがある。彼は翌々日だったか、律儀に那覇までやってきて、その晩、私に強引に真栄原に連れていかれた。

もちろん彼もそういった場所が嫌いではなく、私は真栄原を案内して自分の幻想を押しつけたわけだが、なぜか彼は最も奥まった光の薄い場所にある店にはいり、最も客と縁のなさそうな肥満気味の年増を買った。自由に選べるのに、誰も見向きもしないものを選択する。私は

「おまえも物好きだねえ」などと耳許で揶揄《やゆ》したのだが、内心は、こういう遣《や》り口も悪くないと頷いていた。

私はといえば、真栄原の坂をあがったところにあるDという店の不思議に儚《はかな》げな女に目星をつけていて、焦り気味にその女のところにもどったのだった。女にはまだ客が付いていなくて、私がもどると笑みを泛べた。こういった色街の入り口すぐにある店は、意外に客の食い付きが悪いのだ。

なにしろ幻想を買いにきたのだから、入り口にどのような宝があっても、ついつい奥の奥にまで探索の足を延ばさなければ気がすまないのが男というものだ。けれど探索に失望して目星をつけた女のところにもどれば店はカーテンを引いている。これは、と思ったものは即座に手を打たねば逃してしまうのがこういった場所にかぎらず、男女の関係の常である。私は女に安《あん》堵《ど》の笑顔をかえした。

派手さはないが、整った顔つきだった。小首をかしげて「いかがですか」と男に自らを売りこんでさえいなければ、清楚といっていい顔立ちでさえあった。

儚げだの清楚だのと書き散らしているところからして私が幻想のさなかにあったことがわかってもらえるだろう。女は私が店に足を踏み入れ、購入の意思を伝えたとたんに豹《ひょう》変《へん》した。女は口調だけは丁寧《ていねい》だった。こんなところで慇懃《いんぎん》無礼に出遭うとは思ってもいなかった私はベルトコンベアに載せられたことを悟った。女は流れ作業に従事しているわけだが、その手つきは熟練工どころか手抜き作業の最たるものだった。

ウエットティッシュというのだろうか、濡れた紙ナプキンで陰茎を拭かれるのはじつに寒々としたもので、実際にもアルコール臭くて冷たいものだから、相手が投げ遣りであると、とたんに気持ちが萎《な》えてしまうものだ。それなのに女の顔貌《がんぼう》は、こんな狭苦しく薄暗い場所で私の質素な陰茎を汚物扱いで丹念に拭き浄めていることが信じがたい清楚さであった。私は思わず訊いていた。

「専業か」

「私ですか。昼間はＯＬです」

「ほんとかよ」

「はい。宜野湾《ぎのわん》の○○にある×××っていう事務機の営業所で事務をしています」

それは私でも知っている有名なメーカーだった。女はメーカー名や営業所の所在地をあっさり明かしたが、私は女の屈託のなさにやや狼狽《うろた》えたのだった。

「宜野湾の○○じゃ、そうたいして離れているわけでもない。もし会社の人間があなたを買いにきたら、どうする」

「お金をいただきます」

「そうか」

「はい」

会話は弾まずに凋《しぼ》んでいき、私は避妊具のゴムをかぶせられ、女はお座なりに私の陰茎を口に含んだ。私がなんとなく育つと、無表情に服を脱いだ。私は目を剝《む》いた。女の腹である。傷痕だった。

縦一文字にケロイドがはしっていた。ひどい引き攣《つ》れで、まるで割腹自殺を想わせたが縦に切開するとは尋常でない。私は女の清楚な顔と傷痕を交互に見た。女は私を完全に遮断して、一切の感情を露わにしなかった。帝王切開の痕は幾度か目の当たりにしたことがある。けれど、これほど術後がひどい状態のものは初めてだった。

じつは服を脱いだ女の軀《からだ》自体もひどいもので、萎《しな》びた乳房だけでなく臀《しり》まで含めて、なにやら全身皺《しわ》だらけといった景色が眼前に拡がって、そのとどめが縦一文字に刻まれた割腹の痕である。淡い陰毛の彼方にも女本来の性の傷口がひらいているのが望見できて、性器とほぼ繫がっているかのような割腹の痕に私は悄然《しょうぜん》としてしまったのだった。

女は勢いを喪《うしな》いかけた私の陰茎を目の当たりにしているのだが、自尊心を保つためだろう、なにも見えていないかのようにふるまうのだった。私は女を傷つけてはならないという奇妙な義務感に囚われて、完全に萎えてしまう前になんとか女の軀を断ち割り、その顔貌だけを一心に見つめて動作した。

これほど寒々とした性交は初めてだった。荒涼としていたといってもいい。悲しき人買いの極致である。女の軀の構造など云々できる立場にないのは百も承知だ。けれど、私はこれほど無惨な女という性を知らなかった。ところどころ穴のあいた古びたビニールのチューブに陰茎を潜りこませているような気分が抜けなかった。しかも女は自身の構造の欠点を自覚していて、そっと腕をまわして自分の蟻《あり》の門渡《と》りと呼ばれる部分に指先を宛《あて》がって、私の陰茎に圧迫を加えてその劣る構造をカバーしようと頑張るのだった。

それなのに、その顔貌は相も変わらず清楚で、その唇からは演技以前の粗雑な吐息が洩れて、けれど眼差しは私に据えられて微動だにしない。そのとき私の脳裏に泛んだのは、謝罪する自分の姿である。金を払って謝るのも笑止だが、私は女に勘弁してくれと頭をさげて、この場から逃げだしたかった。

けれど、それは許されない。人買いの宿命は、挿入したら射精せねばならぬという過酷なものだ。私はほとんど快感を得られぬままに痙攣《けいれん》の真似事をし、女からはずして避妊具を確かめた。濡れて縒《よ》れたそれのなかに申し訳程度の白濁を認めて、私は義務を果たしたことを誇らしく思い、一万円也を支払った。女は私を追い立てるようにして店から弾きだし、道行く男に抑え気味の、しかし儚げな笑みを泛べて、声をかけるのだった。

「いかがですか――」

私は坂の途中のゲーム喫茶で友人の小説家を待った。彼はいつまでたっても戻らず、コカ・コーラの赤い自販機を這《は》う守宮《やもり》の相手にも飽き果てたころ、私に気づかずに悄然とした顔つきで坂を下っていった。彼は太った年増に満足できずに、なんと私が買った帝王切開の女をあらためて買ったのだった。俺たちは兄弟だな、という戯《ざ》れ言がこのときほど虚しく響いたことはない。

第十九章　悲しき人買い（8）

沖縄限定のオートバイ雑誌〈ニュートレンディ〉は、まだあるのだろうか。オートバイ雑誌などと書いたが、ひょっとしたら体裁を変えてのこっているのかもしれない。なにしろ私が那覇やコザのコンビニで手にとって立ち読みしていたころは、一応、はじめの二十ページほどは二輪の記事を載せてオートバイ雑誌のふりをしていたが、中身は紛うかたなき沖縄の風俗情報誌であった。

もっとも私は幾度も述べているように風俗産業になんの期待も幻想も抱いていない。こまめに情報を収集して、いい思いをしようと足掻《あが》く気もない。それはまさに無駄な努力であるからだ。つまり風俗情報誌全般に対して失笑気味に接しつつ、そのカルト味を愉しむというのが私のスタンスであり〈ニュートレンディ〉に特別な思い入れがあるわけでもなく、執筆前に、ふとそのオートバイ雑誌に似つかわしくない雑誌名を思い出した、ということにすぎない。

あるころから私は沖縄を訪れても、積極的に書店に出向くことがなくなり、それとともに沖縄県における出版情況にすっかり疎《うと》くなってしまった。だから、これもいまはどうなのか判然としないが、十年くらい前の沖縄本島にはやたらと求人情報誌が多かった。

ちいさな島で、何故《なにゆえ》に？　と小首をかしげた瞬間に気付いた。職がないのだ。仕事がない。しかも島という地理的条件ゆえに、安易に他県に職を求めて移動することがむずかしい。だからこそ求人誌の需要がある。実際になかをぱらぱらと見ていくと、目を覆いたくなるような低賃金に加えて、幾誌にもわたって重複している求人広告ばかりで、どの求人情報誌も薄っぺらで新味に欠けるものだった。

〈ニュートレンディ〉や求人情報誌はさておいて、二十代になったばかりの幾人かの青年と連れだって沖縄を訪れたことがある。買う買わないは自分の好きにしなさいと弱く（強く、ではありません）言い聞かせて彼らを真栄原《まえはら》につれていった。

幻想の失せてしまった私は欠伸《あくび》まじりであるが、彼らは初めてである。けばけばしい色電球の光をまとった、短いスカートの太腿《もも》も露わな女たちに逆に値踏みの眼差しで見つめられ、あるときは甘っとろく、あるときは醒《さ》めきった調子で、どうぞ、いかがですか、と声をかけられ、寄せて上げてある乳房の谷間に視線を吸い寄せられつつ、こんな生ものが買えるのかよ、とあきらかに頰《ほお》が緊張しているのがみてとれ、その歩行を観察すると歌舞伎でいう、なんば——右足を踏みだすときに右手がでて、左足を踏みだすときに左手がでてしまうという難しくも苦しい歩き方になってしまっている若者もいた。

単独であったら居たたまれずに手近な女性のもとに逃げこんでしまったのかもしれないが、すれきった私という引率者があるものだから、彼らは若干息を荒らげながらも不規則な大股で真栄原をすみからすみまで闊歩周遊《かっぽしゅうゆう》し、目星を付けた幾人かの女の子のもとにふたたび舞いもどり、その幾人かを矯《た》めつ眇《すが》めつ、じっくり見較べ、いやまともに見られぬくせに横目でちらちら行ったり来たりでうろうろし——帯に短し襷《たすき》に長し、挙げ句の果てに花村さん、僕の彼女決めちゃってくださいなどと匙を投げる、ではない、下駄をあずける者まで出現する始末、こういうときは即断即決がいちばんであると私は偉そうに講釈したが、無数の選《よ》り取り見取りは彼らの決断力を鈍らせ、未練がましくあっちもいいけどこっちもいいですねえ、などと逡巡《しゅんじゅん》するものだから、目当ての女には客が付いてしまってその姿が掻《か》き消えてしまう始末、結局は三番目の保証にとっておいたあたりの女の子のところに出向いて、なにやら私を振りかえって心細げな視線を投げつつ、店内に姿を消したのであった。

なぜ即断即決かといえば、意に沿わぬ商品を購《あがな》って——いわゆる地雷を踏んでしまっても、ああ僕ってば思慮が浅くて大失敗でしたと納得しやすいし、もし大当たりであれば俺って運がいいですよねえと、これまた納得できるわけです。けれどさんざん逡巡したあげくに金をドブに棄てるのは遣《や》りきれないでしょう。また直感に従わないと、たいがい金ドブに至るのです。意に沿わぬ商品、などと書くと女性を侮辱《ぶじょく》しているなどという声があがるかもしれないが、相手は強《したた》かだ。あっちだってバカ丸出しの我々を一本、二本と数えて金勘定しているのだからお互い様だ。まったくこういう場所で男は人格もへったくれもなく、単なる陰茎の本数にまで成りさがるのである。

さて、私は初心者たちを案内し、送り出して、なにも買わずに失笑気味に真栄原をあとにする。決して善人ぶっているわけでなく、もう飽きあきしているのだ。はっきりいって慾しくない！　で、どこに向かうのかといえば、サンエーというスーパーマーケットだ。夜食を見繕い、沖縄特産の面白いものはないかと店内を徘徊《はいかい》する。待ち合わせ場所になっているゲーム喫茶は猪鹿蝶が舞い踊るブラウン管の明滅が鬱陶《うっとう》しく、それに耐えて古い女性週刊誌を読んで時間潰しをするくらいならば、野菜売り場でセロリの清浄な緑の香りを愉しんでいたほうがよほどましだ。

そろそろ時間だ。チョンの間のよいところで、長々と時間潰しをする必要がない。あまり重くないレジ袋をさげてだらだらとした足取りで真栄原社交街にもどる。ゲーム喫茶に入ろうとしたときだ。買う前はあれほど昂ぶりと緊張をみせていた若い衆が悄然《しょうぜん》とした顔つきで歩道をやってきた。私が片手をあげると、彼は泣き顔のような笑みを泛《うか》べ、長い溜息をついた。

「ちょっと早いじゃないか」

「なんなんですか、あの豹変《ひょうへん》ぶりは。終えたとたんに、裏口から追い出されちゃいましたよ」

「時間前に追い出されたか」

「はい……僕の時計では、あきらかに……」

彼はすべてを語らず、ふたたび溜息をついた。人買いの悲哀、人買いの末路の気配が初回にして彼の全身にまとわりついていた。

おそらく彼は軀《からだ》の交わりではなく、情の交わりを期待していたのだろう。一万円也を支払っておいて、そのようなものを求めることこそ図々しいというのが正しいところだが、声をかけてくる女の当初の親身な様子が初心者を錯覚させるのである。まさに男を本数で数える女の面目躍如で、流れ作業でコンベアにのった男が射精したとたんに作業終了、スイッチオフ、男を抛《ほう》りだすのである。風情もなにもあったものではない。それどころかチョンの間によくある仕組みなのだが、真栄原の特徴として入り口は店の正面なのだが、出口は別にあり、それが見事なまでに人を小馬鹿にした、隣の建物とのあいだの、軀を斜めにしなければ歩けぬような路地以下の隙間《すきま》を抜けて路上に至るという無礼を押しつけられるのである。

この裏口システムは、終わったらとっとと消え失せろというわけで、男によけいな期待を抱かせぬための仕組みとしては最上だ。チープな思い上がりを抱きやすい男という生き物の精を発散させた直後に、どぶ板のうえを歩かせてやれば、彼は自分の身分というものを思い知らされるわけだ。このようなあしらいを受けても、男は精液がたまれば、あり得ぬ僥倖《ぎょうこう》を思い描きながら、つまり間抜けな妄想をふくらませて、ふたたびアーケードをくぐるので、商売にはなんら差し支えがないという冷たく透徹した論理のもとに社交街は経営されている。

知己をともなって訪れはするが、すっかり買春とは無縁になってしまった私だ。けれど四年ほど前だろうか、クリスマスイブに真栄原で女を買ったことがある。年末進行で自棄気味に原稿を書きあげ、先行させて、それで浮いた時間を沖縄行きにあてたのだが、その晩がクリスマスイブであることには気付いていなかった。

この歳になればイブもへったくれもないのだ。ただ、サンタクロースじみた深紅の服を着た女がいて、その女が私に対して商売抜きの真っ直ぐな笑いを真っ直ぐにむけてきたのである。しかも彼女はなにやら大声で歌っていた。私がかろうじて名前だけ知っている若い女性流行歌手の歌だった。

それで興味を惹《ひ》かれて、その店に押し入ると、ママと称する女がいて即座にその真っ赤な服を着た女を私にすすめた。曰《いわ》く「なにをしてもいいから」と。

女は女の子といっていい年頃で、整った顔立ちをしていたが、すぐに無垢《むく》であることがわかった。口が閉じずにひゅうひゅうとせわしなく息の音をさせ、瞬《まばた》きの回数も少なく、私を見ているようでいて、じつは遠い彼方を見ているといった調子である。だいたい泛べている笑みには、純粋であること以外になんら意味が見出せないのである。

遣り手婆がなにをしてもいいと吐《ぬ》かすわけである。この無垢は、なにをされても訴えるすべをもたぬのだ。私は強烈な職業的興味に突き動かされて悖徳《はいとく》を行う決心をした。無垢を購ったことのある小説家など、そうそういないであろうという卑しい昂ぶりさえ覚えていた。

ただし似非《えせ》モラリストだと笑われるかもしれないが、私はこの子を抱く気はなかった。なにやら得体の知れぬ、けれど強固な心的規制がはたらいて、行為を封印してしまったのである。私の本音としては、いくらか話をすることができればよかったのだ。それが幼稚園の子供と語らっているのと大差ないものであっても、初《うぶ》な言葉を私の汚れた鼓膜で受けとめてみたかった。けれど、ふたりだけになると女はエンドレステープのように、わたしを脱がしてくれと繰り返し迫り、どうやら自分では満足に服の脱ぎ着もできぬようで、わたしは鸚鵡《おうむ》を黙らせるためにその真っ赤な衣裳《いしょう》を気乗りせぬ手つきで脱がしていった。

全裸にして、驚愕《きょうがく》した。女の腹が飢餓《きが》にある子供のように丸くぽこんと飛び出していたからである。栄養不足はあきらかで、骨格自体は美しいのに全身に張りがなく、乳房もたれて、しなびて、なんともみじめな光景が拡がった。

女は慄《ふる》えていた。遣り手婆の采配でストーブがつかないから身震いしているのか、私が怖いからか、とにかく小刻みに慄えていた。私は、どうしたか。当初の小説家的興味云々といった高邁《こうまい》さなどきれいに消滅して、慄える無垢を抱いていた。それどころか、昂ぶっていた。

——私は支配していた。この女を完全に支配していた。昂ぶりながら、夢想した。この女と暮らすことを夢想した。この女ならば、絶対に裏切らない。完全に私に依存してくれるだろう。私は愛犬と暮らすように、この女と暮らす。ただし犬とは不可能な性の交わりが可能である。それは誘惑的な空想だった。私は下卑た、しかもいっぱしの社会性らしきものをもった人という名の動物であることを心底から悟った。私は、この女を飼いたい。買うくらいなら、飼ってしまいたい。私はいま東京の自宅で犬と暮らしている。犬は食う寝る走る、ときどき発情といったごくわかりやすい生き物であり、私を裏切るだけの能力をもっていない。そこが好ましいのだが、この女ならば、犬以上の愛玩動物として私の生活に彩りを添えてくれるであろう——

これは私の短篇〈神、世界を言祝《ことほ》ぎ給う〉からの抜粋である。自己宣伝のようで心苦しいが、この短篇を収めた〈虹列車・雛列車〉こそが私の沖縄行脚の集大成である。人買いとはなにか。興味を持たれた方はぜひこの短篇集を繙《ひもと》いていただきたい。

第二十章　宮良康正

ケーブルテレビで〈ナビィの恋〉という粟国島《あぐに》を舞台にした映画を観た。西田尚美という女優が好ましく、私も微妙に点が甘いというか、ごまかされてしまったが、観おわったあとは釈然としないものがのこった。強引なことを吐《ぬ》かしてしまえば、植民地映画だった。嫌な喩《たと》えだが、理解あるイギリス人がイギリスの植民地に暮らす原住民を描けば、ああいうふうになるのだろう。そんなことを思って調べてみたら、やはり監督は沖縄の出身ではなかった。

でも、公開時、沖縄で暮らしていた人の話を聞くと、映画館で観客は愉しげに笑い、歓声をあげて拍手していたというから、私がどうこう言う筋合いもない。けれど沖縄で生まれ育った人のなかには、私が感じたものなどとは比較にならぬ違和を覚えた方がいるのではないか。部外者の私からして、このファンタジーはなんか変だぞ……と小首をかしげたのだから。

映画に登場する善人の群れを眺めているうちに、私はなんとなく居心地が悪くなって蟀谷《こめかみ》を揉《も》んでいた。人を善人扱いするのもほどほどにしやがれといった難癖に近い苛立ちを覚えていたのだった。

しかしこの作品に対して異論を唱えなければならないのは東京者の私ではなく、沖縄で生まれ育った人間だろう。だから私は能転気にエキゾチシズムを謳歌《おうか》しよう。

映画を観ているうちにナビィの旦那役が登川誠仁《のぼりかわせいじん》であることに気付いて、驚いてしまった。亡くなられた嘉手苅林昌《かでかるりんしょう》はそのままの姿だからすぐにわかったが、登川誠仁はあまりに巧みで、いい感じなのでまさか——といったところ、やたらと三線《さんしん》の上手な俳優だと思っていたのだ。

登川誠仁のCDは愛聴盤で、孫娘？ の歌声がはいっている曲をリピートして——じーちゃん、ばあちゃん、いつも元気で願寿さしんそりよ——と唱和している。誰も見ていなければ仕事場の椅子に座ったまま踊ったりもしている。ああ照れくさい。登川誠仁の、歌にまわりこむような三線はじつに恰好いい。そんなこんなで注意して観ているうちに、おしまいのほうで山里勇吉までもが出演していることが明らかになったではないか！ ゆえに違和感は違和感のまま、能転気エキゾチシズム野郎である私は〈ナビィの恋〉をDVDにおとしてコレクションに加えたのだった。

べつに偏見をもっているわけではないのだが（こういう前振りをする者が偏見と無縁であったためしがない）、民謡はともかく私は沖縄本島の現在の音楽が微妙に苦手だ。たとえば沖縄のロックに限定すれば〈コンディション・グリーン〉や〈紫〉で私は終わってしまっているようだ。一九七〇年代中頃だったか、夏だった。サンプラザ中野じゃない、中野のサンプラザで私は〈コンディション・グリーン〉をナマで観ているのだ……威張っていいですか？

商売のじゃまをする気はないから具体的な名前はあげないが、現在の沖縄本島の人気のあるバンドや歌い手のCDをずいぶん購入した。けれど「ああ、掛け声はいいね」などといった投げ遣りな感想を呟《つぶや》いて、一聴しただけでおしまいである。理由は（私にとって）つまらないからだ。

そんななかで唯一別格といっていいのがローリーだ。〈ワルツ〉のころよりも、ソロがいい。〈永遠の詩〉というアルバムが大好きだ。それも一曲目と、最後の曲がいい。新書担当のO君は、私がローリーが好きだと言ったら、微妙な顔をしていた。その気持ちもわからないでもないが〈永遠の詩〉に収録されている『最後の奇跡』を聴くと、私は見たこともないコザ暴動の光景がありありと脳裏に泛《うか》ぶ。『永遠の詩』を聴くと、実際に泣きはしないが、たしかに涙腺がゆるくなるのを感じる。知り合いのライターN君がローリーとそっくりなので、勝手に親近感をもっていたのだが、ソロアルバムで聴けるヒステリックで字余りみたいに突っ走るギターも好きだ。私は女性と触れあうときは当然ながらナマが好きだが、なにが嫌いといってアコースティックギターがナチュラルといった戯《ざ》れ言《ごと》を吐かして演奏する奴や聴く奴が大嫌いで、個人的願望としては、ローリーにはぜんぶエレキでやって私の心をとことん引っ掻《か》いてほしいものだ。

アコースティックギターがナチュラルで、エレキが人工的などと吐かす奴と出くわすと私はじつに気分が悪いのだ。小学生のときの臨海学校、千葉は稲毛海岸の夜の砂浜で櫓《やぐら》のうえでエレキバンドがスプートニクスを弾いていた。まったく真夏に『霧のカレリア』はないだろうといったところだが、ガキだった私は歩みをとめて聴き惚《ほ》れた。父親が洋楽好きで、せまい都営住宅でいつも聴かされていたから違和感はまったくなかった。それどころか、うっとりである。

ところが引率していた教師が言うに事欠いて「エレキはガキの音楽」だ、などと見下した調子で呟き、しかも薄笑いを泛べやがったのである！　ベンチャーズブームに沸いた一九六〇年代初頭には、たしかにそういった論調が趨勢《すうせい》を占めていて、したり顔で軽蔑《けいべつ》する大人が多かった。私はあの頃も、そしていまも納得していない。ガキの音楽のどこが悪いのか。ガキの私になぜひとも大人の音楽を教えていただきたいものだ。

私に言わせればアコースティックギターだって途轍《とてつ》もないテクノロジーがぶち込まれた不・自然な代物だ。ナマの音とは、いったいどういう音を指すのか。材質の選定からはじまって、胴体にこめられた音響の技術は充分に人工的だ。バイオリンをもちだすまでもなく、塗られたニスなどの要素まで勘案すると、気の遠くなるような技術の集積だ。

耳が悪くて個々のアコースティックギターの音色の差異を聴きとれないからこそ、安直な言辞を弄《そう》するのだろう。それはテクノロジーを駆使してアコースティックギターをつくる技術者に対しても失礼だ。だいたい電気というものは自然界に遍《あまね》く存在するものではないか。

つい、鬱憤《うっぷん》をぶちまけてしまった。軌道修正しよう。私は現在の沖縄本島のミュージシャンによるポピュラーミュージックが苦手な反面、八重山の音楽家は大好きだ。その筆頭が日出克《ひでかつ》で、執筆のときなど、MP3におとした日出克の曲をエンドレスで流し続けることがよくある。

あの教師に言わせれば日出克もガキの音楽に分類されるのだろう。けれど打ち込みの心地よさというものがたしかにあるのだ。私に言わせれば音楽は、じつは数学の一ジャンルである。明確なビートは音楽が数学的であることを否応なしにあからさまにする。バッハを聴いて数学的快感を覚えない者、数学的な美を連想しない者の感受性を、そして能力を私は疑ってしまう。

けれど物事を判断できぬ不明瞭好きな雰囲気人間は厳然たるものに対して腰が引けてしまう。それになあなあで生きている救いようのない弱者にこそアコースティック信仰はふさわしい。それにしても、自然保護バカとアコースティックバカが微妙にかぶるのが、また鬱陶《うっとう》しい。

日出克が恰好いいのは、琉球音階に固執していないことがあげられるだろう。二流の琉球ナショナリズムは音楽を殺す。琉球ナショナリズムに姿を借りてヤマトの屑《くず》どものエキゾチシズムに迎合するくらいなら、てめえらには聴かせてやらない——というくらいの気概をもってほしい。極論なのは重々承知、ヤマトの屑にも受けいれられる程度に薄めた口当たりのよい琉球の音階を聴くくらいだったら、私は本物の民謡歌手の苦い声を聴く。そういうことだ。

ときに日出克は韓国ポップスの乗りに近いものまでも包含して、突っ走る。アジアの色を全身にまとって錆《さ》びた声を聴かせる。バランスを取りもどそう――という歌詞を耳にしたときはさすがに失笑したが、まったく意識にのこらぬ歌詞よりも、それはたしかに私のどこかを引っ搔いて、執筆ばかりの畸形《きけい》的生活のさなかに、ひそかに「バランスを取りもどそう」と私に呟かせるのである。

話は、がらっと変わる。コザでアメリカ人専用といったカントリーミュージックの生演奏の店にはいってしまったことがある。演奏しているのもアメリカ人である。やたらと明るい店内だった。奴らは私たちが英語がわからぬと踏んで、俺たちのチンコはそそり立つユニコーンの角で、猿のチンコはミミズ並み――みたいな即興の詞をつくって歌いはじめた。yellow monkey と歌えば悶着《もんちゃく》が起きかねないが、monkey だけでさらりと躱《かわ》すところがとても憎い。客の白ん坊たちはバカ受けだ。話はそれだけだ。オチは、ない。

日出克の歌詞に okinawa confusion という言葉がでてくるものがある。題名は、知らない。調べる気もない。リミックスアルバムのバージョンが大好きで、自分が機械になった気分で okinawa confusion と胸の裡《うち》で繰り返しているうちに、ちいさな密かなトランス状態が訪れることがある。これこそが音楽の力だ。もちろん打ち込みだから、と拒絶する者にこの快感は訪れない。

しかし okinawa confusion とはよく言ったものだ。この場合の confusion は混乱とか困惑とするよりも、私には間投詞的に用いるときの confusion がぴたりとくる。――チクショウ！

といったところか。

　私がもっとも愛聴している沖縄の音楽は、私淑している當山善堂兄に教えていただいた宮良《みやら》康正《こうせい》だ。与那国出身の八重山民謡の歌い手だ。私は八重山の民謡に対してとりわけ興味があったわけでもなく、當山兄に三枚ほどのCDを送っていただいた直後は、一聴して、笛がいい味をだしているなあ、といった程度の感慨しかもたなかった。

　けれど、なにか引っかかるものがある。ちょうど西洋音階に飽きあきしていた時期だったせいもあるのだが、宮良康正の間《ま》や小節《こぶし》の巧みさは私のような素養のない者にも顕《あきら》かで、徒疎《あだおろそ》かにできないことが直感された。

　五線譜で表現できない音楽を聴くよろこびが、たしかに日本人にはあって、十代後半には高《たか》橋竹山《はしちくざん》をはじめとする津軽三味線に夢中になったこともある。竹山には〈クリーム〉におけるエリック・クラプトンのソロに匹敵する迫力があった。

　音楽は数学の一ジャンルである、などと偉そうに吐かした舌の根も乾かぬうちに態度を豹《ひょう》変《へん》させるが、邦楽は微妙に、しかも軽々と数学的（ギリシャ的なものと言い直してもいいかもしれない）音楽を乗り越えて、私の心を鷲摑《わしづか》みにする。

　なぜか――。

　理由は単純で、それが人の声を主体にした音楽であり、記号化できない間や小節を重んじて発達してきたからだ。けれど宮良康正は端正で、揺るぎない。けっしてルーズなわけではない。

ふたたび逆転が起きるのだが、精緻《せいち》で、じつは数学的である。研鑽《けんさん》を積み重ねた後に獲得されたものは、常に数学的な揺るぎなさをもつに至る。それなのに宮良康正の小節は割り切れなくて、私の心をねじあげる。引き寄せられて耳を澄ましていると、宮良康正は巧みな間で私をはぐらかし、心地よい焦《じ》れったさを与えてくれる。焦れた私がちいさく身悶《もだ》えしそうな瞬間に宮良康正はバランスを崩しかけた私の心をひょいと立て直してくれて、しかも絶妙な小節で私を慰撫《いぶ》する。

ブルーノートが西洋音階ではあらわせぬように、そしてブルースがまったく古びないのと同様に、私にとって八重山の音楽は五線譜を超越した新鮮な、密かな驚きであり、愉しみだ。

第二十一章　必ず、行きなさい（1）

　腰までのびた、常軌を逸した量の黒髪を両手で摑《つか》み、それを天に高々と差しあげ、アンテナにして「電波がきた、電波がきた」と目を剝《む》いて大騒ぎしつつ、あらぬことを口ばしる女をたとえば東京で目の当たりにしたら、あなたはどう感じるだろうか。

　都下武蔵境に住んでいたころ、駅前のイトーヨーカ堂に、こういったタイプの女性がほぼ毎日やってきていて、最上階のガチャポンなどがおいてある子供の遊び場ブースなどで電波によるお告げを繰り返していた。怖がる子供がいる一方で面白がる子供もいたが、お母さんたちは眉をひそめ、大仰に子供をかばいつつ逃げだすのが常であった。その拒絶の気配には凄《すさ》まじいものが感じられ、電波を受ける女は棘々《とげとげ》しく、けれど孤独に荒れ狂ったものだ。

　程度こそ違えど、こういった情景に出くわすのは、そう珍しいことではない。あなたにも覚えがあるだろう。最近は隔離が進んでいるのか、以前ほどの頻度で出会うこともなくなったような気もするが、子供の頃はこういった人がずいぶんいた。

手持ちの辞典にはまだ載っていなかったのでウィキペディアで調べてみたところ、電波系という言葉は深川通り魔事件（一九八一年、東京深川で起きた刺傷事件）の犯人が、自分の行った理不尽を電波が命令したと言い張ったことによるらしい。いわゆる統合失調症による妄想のことを指す。

私は精神医学に関しては素人であるから軽々にあれこれ吐《ぬ》かす資格はない。「電波がきた、電波がきた」と目を剝いて大騒ぎする女性はもっとべつの原因によって電波を受けているのかもしれない。

可能性は低いかもしれないが、実際に霊からあれこれ言付《ことづ》かっているのかもしれない。あるいは統合失調症の真似をしているだけなのかもしれないし、私など窺《うかが》い知れぬまったく別の原因があるのかもしれない。

ちなみに個人的には、霊のことはよくわかりません。べつに霊に類するものが存在してもかまわないけれど、それが肉体を離れて存在すると考えられる精神的な実体（広辞苑の定義）であるとするなら、べつに大騒ぎするほどのものでもない。感覚的には存在して当然のような気もするし、たとえ霊が悪さをするにしても、生きている人間のほうがよっぽど怖いじゃないですか。信じる、信じないというよりも、（霊という存在自体を）気にしないし、当てにしないというのが私の態度です。

さて――。

いかに沖縄が好きであっても、ユタのところに出向いて運勢を占ってもらったり、先祖のことを相談したり、死者の口寄せをお願いしたことがあるという方は、それほどいないのではないか。書籍、あるいはネットなどでユタのことを調べていくと、巫女《みこ》だ、シャーマンだと微妙に学問的な説明に終始して、その実際の姿が見えてこない。

すべてのユタがそうであるというわけではないが（物静かな方もいるのです）、冒頭に記した、腰までのびた、まるで海中に生い茂る昆布のような常軌を逸した量の黒髪を両手で摑み、それを角のように天に高々と差しあげ、アンテナにして「電波がきた、電波がきた」と目を剝いて大騒ぎしつつ、あらぬことを口ばしる女の姿こそが、私が遊びにいったユタの現実の姿である。

半日ほど彼女に付き合っていたのだが、最後には琉球舞踊の衣裳《いしょう》をまとって烈しく踊りだした。その結果、トランス状態とでもいうのだろうか、神懸かりとなり、頭髪をアンテナにして「電波がきた、電波がきた」と大騒ぎしはじめた。もともとその物腰や言動からふつうの状態ではないなと否が応でも推察できてしまっていたのだけれど、正直なところ仰《の》け反《ぞ》りました。あいた口がふさがらなかった。これって武蔵境の預言おばちゃんじゃないか、と呆気《あっけ》にとられた。

沖縄では彼女のような人物を隔離せずにユタとして扱う。あらぬことを口ばしる女をたとえば東京で目の当たりにしたら――と冒頭に記したのは、沖縄ではユタ狩りに類する弾圧があったにせよ、庶民レベルでは彼女のような女性の本質を巧みに摑み、掬《すく》いとっているという事実があるからだ。もちろん沖縄におけるある種のインテリ、あるいは権力者がこういった女を隠《いん》蔽《ぺい》したい気持ちもなんとなくわかる。わかるけれど、私は許さない。もっとも許さないからといって具体的な行動に打って出る気はさらさらないが。

ある種の狂気に対してもYESと肯く。穿《うが》った見方をすれば、そうせざるを得ない経済的な貧困が背後にあったのかもしれない。だが、それでも神懸かりを受容する沖縄の精神を私は敬愛する。ヤマトの人間に言いたい。沖縄が好きならば沖縄の人を介して一度、ユタに会いにいきなさい。これは沖縄を知るための義務です。ユタにはまる必要はありません。けれど巫女だ、シャーマンだといった能書きだけで知った気になるのは罪悪です。情報だけでは情動を動かされぬということを心に留めおいて、きちっと行動しなさい。私は偶然の機会からユタに会って、あれこれけなしながらも沖縄に惹《ひ》かれるわけをその瞬間に悟りました。

さて、ユタの金城米子さんの著書〈霊能の世界〉に――マブイグミの御願《うがん》。マブイ（タマシイ）を落とした（離脱）場所が不明のときはトイレで御願を行う――とある。金城さんが実際にトイレで御願を行っている写真も掲載されている。魂を落としたときにはトイレに本人のハンカチか下着をもって籠《こも》るというのが素敵です。

実際に金城さんの家に遊びにいったとき、どこかで電話が鳴っている。しつこく鳴っている。

中腰になって「いいんですか、出ましょうか」と金城さんに問うと「かまわない」と素っ気ない。けれど、気になる。どこで電話が鳴っているのかがわからないからだ。そこで電話がどこにあるのかを尋ねた。そうしたらトイレにあるという。ほんとうかよ、と覗《のぞ》きにいったら、貯水槽というのだろうか、水がたまる四角い陶器の上に素っ気なくありました。なるほど電話のような代物は、便所に安置しておくのが好ましい。できるなら私もそうしてしまいたいところだが、金城さんほど思い切りのよくない私は、それができずに、妙に愛想のよい声をだして受話器をとる毎日だ。

この金城さんが巨大な陰茎に接吻している写真を見せ「ちんちんの神様だから拝んでこい」と迫った。「必ず、行きなさい」と念押しをされた。写真に写っている陰茎は巨大な岩で、自然の悪戯《いたずら》とはいえ、よくもまあこれほどまでに立派な、リアルな代物が——と嘆息し、失笑するほどのものであった。

珍珍洞は有名な玉泉洞の向かい側に人知れず、ある。とても暑い日だった。道を歩いているお婆さんに「珍珍洞はどこですか」と尋ねたら、叮嚀《ていねい》に場所を教えてくれ「神様の宿る大切な場所だから、ちゃんと拝んできなさい」と嗄《しわが》れた、けれど優しく柔らかな、しかもとても上品な調子で言われた。

鍾乳洞ができるのだから当然とも思われるが、坂道は微妙に白っぽい石灰質だ。人の通行はほとんどないらしく、あたりは蜘蛛《くも》の巣だらけだ。亜熱帯の植物が繁茂して、なにやら蒸れた吐息のような熱を放っている。顔に引っかかる蜘蛛の巣を払いのけ、舌打ちしながらだらだら下っていく。七、八センチはある巨大な蜘蛛が巣の真ん中で蒸し暑い風に揺れている。その胴体を爪で弾いても微動だにしない。死んでいるのかと思うと、やおらのそのそ面倒くさそうに移動していく。そんな坂道である。

途中に満満洞なる表示があって、珍珍と対になっていることを知る。その瞬間は実態を知らぬからこそ、失笑が湧く。けれど満満洞は縦穴であることと、崩落しかけていることもあって入洞禁止なのだ。満満洞にあるのは女が腰を折り、尻をむけて立っているというお姿であるということだが、拝むことができなかったのでなんともいえない。

いまはなくなってしまったようだが、はじめて訪れたときには――この鍾乳洞は自然崇拝の考えに基づいた信仰を集めており、神石の形からも想像されるように男神として子孫繁栄を願ったものである――という教育委員会の看板があった。

けれど、谷底を流れる川が間近に見えるころになると、いささか耐え難い悪臭が漂いはじめる。川に周辺の生活排水などが流れこんでいるのだろうか。いわばドブじみた臭いである。珍珍満満でこの臭いかよ――などと下卑たぼやきを胸の裡《うち》で吐き棄てる。古琉球の谷である。川は、本来はこのような悪臭を立ち昇らせていなかっただろうと推察できるだけに、微妙に腹立たしい。

やがて川につながるかたちで洞窟《どうくつ》の入り口があらわれる。これが珍珍洞だ。そうだ、入洞前にひとつ注意を。季節にもよるのかもしれないが、やたらと藪蚊《やぶか》が多い。尋常でないときもある。私は面倒だから蚊に食われるのも厭《いと》わないけれど、虫に弱い方は虫除けスプレーを用意していったほうが無難だ。

洞内は、当然ながら闇である。柵などが設《しつら》えてあるし、地面も舗装してあるが濡れているので滑りやすい。川の悪臭に耐え、頰《ほお》の蚊を叩き落としながら足許に注意して奥に進むと、最奥に緑色のスイッチがある。これは照明のスイッチで、押せば御神体が浮かびあがる仕掛けになっている。

御神体は天からやや斜めに生えている。自然天然がこれほどリアルなものをつくりだすのだろうか……と啞然《あぜん》とさせられる。とにかく巨根である。怒張なさっている。見事である。思わず我が身と引き比べてしょんぼりしてしまう。

珍珍洞の長さは百八十メートルほどで、斜柱石という希有《けう》な鍾乳石が天井から無数に生えている珍しい洞窟だ。幾本か似姿があるのだが、そのなかでも最大にしてもっとも立派な一本が、そのものずばりの形状をあらわしているのだから目の当たりにしたら、あなたも思わず素直かつ率直な歓声をあげてしまうことだろう。

こういった御神体は日本各地にある。一例をあげれば伊豆半島にも『うりもりさん』そして『いやさかさん』と名付けられた男女をあらわす天然の似姿とでもいうべきものがある。けれど、そういったあれやこれやは、たいがいがこじつけめいていて、目を細めて想像力をはたらかせればそう見える、といった程度のものが多い。

だが珍珍洞は別格である。問答無用である。そのものずばりの形態をしている。けれどナントカ秘宝館などに展示されている有象無象などおよびもつかぬ堂々としたリアルさがあり、下卑た心性など吹き飛ばしてしまう野性的な力感がある。とにもかくにも驚愕《きょうがく》してきてほしい。

もうひとつ付け加えるならば、珍珍洞を訪れるときは那覇のバスターミナルから玉泉洞行きのバスに乗って小一時間の小旅行を愉しむといい。というのもバスで訪れると、乗客の交わす言葉を何気なく聞くのも愉しいし、バスから降りれば否応なしに多少は歩かなければならず、南部を彷徨《さまよ》うこととなる。

サトウキビ畑や最近、南部に増えてきたドラゴンフルーツの畑を横目で見ながら陽射しに貫かれて歩いてほしい。ペットボトルのさんぴん茶で咽《のど》を潤しながら、道に迷ってみよう。南部では、しかも日中では、あまり人に出会わないと思う。だからこそ道で人に、とりわけ老人に出会ったならば、積極的に声をかけてみよう。木蔭でちょいと立ち話は、ほんとうに至福のひとときだ。

第二十二章　必ず、行きなさい（2）

珍珍洞を訪れることを強く勧めるのは、なにも一物を拝んできなさいということだけではなく、霊的な力はともかく、なんらかの直感のある方なら、ある場合、とてもすばらしい場所に誘い込まれるというか、招待される可能性があるからだ。そこがどこで、なにで、どのようなものがあるかは説明しない。またその場に私が（思わせぶりに）わざわざ誘っても、肝心のものに気付かなかった人もいたくらいで、見えない人には見えないものって、あるのです。突き放した言い方になってしまうけれど、招かれぬ人は珍珍だけ見て、馬鹿笑いでもして帰途につきなさい。

さて、沖縄の魅力といえば海です。けれどマリンスポーツの愉しさを理解したうえで、あえて勧めたい遊泳スポットがある。

タナガーグムイという名をなかなか覚えられなかった。ほら、あの、滝のあるところ、ですませてきた。けれどタナガーがテナガエビであることを知り、クムイが淵であることを知ったら、あっさり覚えられた。やはり言葉は意味と一括りなのだ、というあたりまえのことを再認識させられた次第、しかもずいぶん以前のことだが、某イタリア料理店でタナガーの料理を食したことがあることまで思い出し、まだらボケのはじまりつつある私でも、もう忘れることはない。

さて、タナガーグムイだが、地図やガイドブックにはタナガーグムイの植物群落と素っ気なく紹介されていることが多い。昭和四十七年にその植物相《フロラ》の独自性から国の天然記念物に指定されたからだ。

そのせいか、北部にでかけても、興味をもたずにあっさり通り過ぎてしまうようだ。しかも、タナガーグムイの駐車場まで行ったとしても、そこからは道ではなく崖をロープ伝いに降りなければならないので、引き返してしまう人も多いのではないか。

整理しよう。タナガーグムイへは、那覇から出向くとすると沖縄自動車道を宜野座《ぎのざ》で降りて、国道三二九号線、そして国道三三一号線、さらに県道七〇号国頭《くにがみ》東線と、高速道路から降りたらひたすら太平洋側の海沿いを走ればいい。目的があるならともかく高速を名護で降りてはいけない。渋滞があるからだ。同様に辺戸《へど》岬を目指すのでも東シナ海側の国道五八号線を北上するよりは、裏道である交通量の少ない県道を走ったほうがストレスのないドライブが愉しめる。なお、時と場合によっては地元のオートバイライダーが常軌を逸した速度でコーナーを攻めていることがある。走って心地よいカーブが連続するが、くれぐれもセンターラインを割らぬよう気配りしてほしい。県道七〇号線のカーブを無数に切りとって安波《あは》の集落を過ぎたあたりからは速度を控えて、入り口を見落とさぬように気をつけていると、左にちいさな脇道があらわれる。脇道は駐車場にいたり、そのままループ状になっている。ともあれ那覇から出向くとするならば一日がかりと割り切ったほうがいいだろう。タナガーグムイ周辺に商店などは一切ないから、弁当や飲み物の準備を。また、亜熱帯の沖縄とはいえ、冬はとてもじゃないが水が冷たくて泳げないと思う。そのあたりも勘案してください。

さて、崖だ。高さは百メートルもない。まあその半分強くらいだろう。けれど粘土質なので雨などで濡れているとすごく滑る。人が通る部分は基本的にくぼんでいる。下まで垂れさがっているロープを伝って降りていくのだが、木の根などでルートが分かれている部分では、どこを通るかによって、よけいな苦労と頑張りを強いられることもある。地形を読む目を試されているような気分になる。あまり幼い子供には無理だが、お父さんはぜひお子さんを連れていってあげるとよい。この崖下りからして目を輝かせるだろうし、下に辿《たど》り着けば、まるで冒険映画の総仕上げのような景色が拡がる。

普久《ふ》《ん》川の淵なのだが、強引な観光地ならばタナガー湖と名付けかねない規模だ。亜熱帯のジャングルに深緑の冷たい水面が拡がり、視線の先には岩盤から落ちる滝がある。滝から水が落ちて、それが下流に流れていくのだから、あくまでも淵なのだろうが、川の水が澱んで深くなっている場所といったニュアンスで捉えるのは難しい。大きな天然の池である。

滝の名前はわからない。高さはせいぜい五メートルといったところだが、とても絵になる。南の島ならではの滝の趣が、たしかにあるのだ。本土ならば間違いなく陳腐な名が付いているところだが、あるいは地元の人だけが知っている名前があるのかもしれないが、とりあえずいくら調べても名前は、ない。無名の滝である。この滝があることによって秘境の気配が一気に濃厚になっていることは間違いない。アプローチのしかたからはじまって私のなかの幼きころの冒険物語的なるものにぴたりとフィットしてしまう景色なので、斯様《かよう》に入れ込んでいるわけだが、ひょっとしたらたいした感興も湧かぬ人もいるかもしれない。

さて、淵の際《きわ》には注意の立て看板がある。要は、ここで溺《おぼ》れても連絡自体が難しいし救急車はなかなかやってきませんよ——ということだ。人工呼吸くらいマスターしておけよという意味の文言もあったような気がする。立て看板に書かれている注意は、いちいちもっともなことだ。泳ぐにはたいそう愉しい場所であるが、あくまでも自己責任です。しかし、こういった文章を書くときには便利な言葉だな、自己責任。

立て看などのあるアプローチ部分には、ターザンロープというのだろうか、ぶらさがって勢いをつけて弧を描いて飛びだして、水面に派手に着水する、そんな遊びのためのロープが垂れさがっている。これはなかなか爽快ではあるが、飛び込んで、泳いでもどって、あがって、また飛び込んで、と繰り返していると、ぐたっと疲れる。自分の年齢を思い知らされる瞬間だ。

やはりこのロープにしがみつくのは若者だが、米兵が夢中になっていることがよくある。また私の妻が水着を用意していなかったせいで泳ぐこともかなわず、けれどロープを摑《つか》んで矯《た》めつ眇《すが》めつ、おもむろに「飛びてぇ——」と男児のように嘆息し、身悶《もだ》えしたのを思い出す。

淵というくらいで、相当に深い。子供たちがテナガエビをさがす浅瀬あたりは淵から川の水が流出していく部分で、たいした危険もないが、淵自体はほとんどの場所で足が立たぬし、場所によっては水底にまで潜るには耳抜きができないと苦しくなるほどの深さであるといえば、ダイビングの経験がある人なら理解してもらえるだろう。

もっとも潜って愉しいわけでもない。川水は濁って澱《よど》んで、水中メガネをつけていても視界は悪い。それでも私のような高いところに登りたがるバカは、澱んだ淵の底にも潜りたがるのである。

沖縄の透明度の高い海に慣れてしまっていると、この澱みは不安をもたらすものだ。汚れがどうこうというのではなく、見えないことへの不安だ。このことも私が幼いころは海ではなく都下あきる野市の秋川渓谷の淵でばかり泳いでいたことと結びつく。光がとどく範囲は濃緑だが、そこを超えると漠とした暗黒が拡がる。水を全力で掻《か》きながら水底に触れる。見えないながらに手探りで石などを摑みあげる。強引なことを吐《ぬ》かすなといわれるかもしれないが、見えぬことの昂ぶりが、たしかにある。とても懐かしい感覚だ。

また、海水ではないから浮力がつかない。海で泳ぐのに較べて、それなりに体力を要するのだ。だから泳ぎが下手な者はたいがい向かいに落下する滝まで行くことを躊躇《ちゅうちょ》する。自己責任という言葉を遣った手前、泳ぎに自信のない方には安易に勧められないが、滝壺に潜るという堪《こた》えられぬ愉しみが、タナガーグムイにはあるのだ。

先に述べたとおり、たいした高さの滝ではない。けれど滝まで泳いでいき、その飛沫《ひまつ》に打たれて滝を見あげ、とりあえず岩盤に取りついて岩登りをし（万が一落下しても、下は深い水なので気が楽だ）、滝の上にでる。岩盤の上を流れてくる普久川の流れとジャングルに対面できる。下を見やると、轟音《ごうおん》とともに思いのほか豊かな水量で白銀が落下していく。私は意気地がないから飛び込めないが、ある夏、同行したマンガ家のT君は、瀬戸内の出身だけあって力の抜けたきれいなフォームで幾度も飛び込んでいた。水中に落下してから、海パンを脱いで臀《しり》を水面にぷくっと突きだす〈桃〉という芸まで披露してくれた。

水中メガネがないと眼球が痛むのでつらいが、滝壺に潜ると、その凄《すさ》まじいまでの水圧に驚嘆する。もちろんそのときどきの水量によっても変わってくるのだが、落下してくる滝の威力は尋常でない。誰もが面白がって挑戦するのだが、体力腕力、そして潜りの技術のない者が滝壺の真下に潜るのは、なかなかに難しい。水流に押しだすような動きがあるためで、なにやら粘性のバリアが張り巡らされているかのようだ。

その圧倒的な轟音を発する水流の壁を無理遣り掻きわけて進入すれば、翻弄《ほんろう》される。水量の多いときなど、水中メガネがあっさりずれて、外れて、視界が失せ、あわせて思考も失せてしまう。狼狽《ろうばい》というには大げさであるが、関節の自在感が喪われ、糸の切れた操り人形と化した自分が水中で踊っている。

滝壺のなかは無数の気泡が詰めこまれているかのようではあるが、もともと水が濁っていることもあって視界不良、翻弄されている時間はたいしたものではないのだが、そのときに覚える圧倒的な不安と無力感は相当のもので、たとえばオートバイで自分の限界を超えたコーナリングに挑んでいるときのような切迫がある。

私は文章を書くのが仕事で、心的なものを含む事象を文字という抽象を用いて書きあらわす書斎の人である。

この仕事の怖ろしいところは、たとえば死といった事柄までもが抽象に変換されてしまうことで、これは書斎にこもる時間が増えれば増えるほど、ものの見事に抽象度が増していく。それは痛みや恐怖のともなわぬ単なる概念に堕落していくとでもいおうか、いや、この段落の文章や文言自体が安っぽい抽象にすぎず、気を許すとこういった執筆の楽な抽象の積み重ねに逃げこんでしまうといったことになりかねない。大げさなことを書いてしまえば、ふと気付くと、言葉に弄《もてあそ》ばれている自分がいるわけだ。しかも、弄ばれているくせに闊達《かったつ》であると勘違いしたりして、自己に酔う始末である。

オートバイで速度の壁を破り、滝壺に潜って翻弄されていやというほど水を飲むといったことによって覚醒《かくせい》するものが確かにある。抽象ではない実感が肌を張りつめさせ、泡立てる、その瞬間の充実は、書斎で文章を紡ぐ充実とはまったく別種であり、けれどその奥底では、一方通行ではあるが密かに通底するものがあり、ときに意図的に五感からもたらされる覚醒を精神に注入することによって、私は安直な抽象に逃げこまずにすむ。

滝壺に潜る。翻弄されて、水を飲む。べつの言葉で表現すれば、溺れかかっている自分を確かめて、肉体を意識し、我に返るといったところだろうか。

まったく他愛のない話だ。子供じみているといっていい。けれど私は哲学者ではなく小説家なので抽象だけでは飯が食えないという宿命を抱えている。人によっては覚醒を性に求める場合もあるが、性はわりと安易にローテーションに堕落するので、やはり私は不確定要素のたっぷり詰まった情況に積極的に関わることを欲するようだ。

第二十三章　必ず、行きなさい（3）

小学校低学年のころからだろう。アンコールワットに憧れていた。おそらくは写真で目にしたのだろうが、熱帯の密林に侵蝕《しんしょく》されていく石造りの遺跡のイメージが私の心に刻み込まれてしまった。私にとってアンコールワットは、廃墟《はいきょ》のイメージのもっとも美しいものとして、あった。灰色が緑に侵蝕されていく心象は五十歳を過ぎたいまでも心にふしぎな波立ちをおこさせる。ノスタルジアのようなものであり、ロマンのようなものでもある。こうしてカタカナの文字であらわすと簡便ではあるが、拡散もともなうので困惑するが、紙幅もあることだし、安直を許してもらおう。

これほど憧れているアンコールワットであるが、私は現地を訪れることを躊躇《ちゅうちょ》したまま現在に至ってしまった。憧憬《しょうけい》を抱く存在を目の当たりにするたびに受ける曖昧《あいまい》な挫折《ざせつ》感のようなもの、軽く裏切られたような苛立《いらだ》ち、見てしまったことからくる行き止まり感。そういったマイナスの気持ちを味わいたくないがゆえに意識して近づかぬようにしてきた。自己保身のようなものだった。

沖縄の城、グスクに特別な興味をもっていたわけではない。正直にいえばグスクという言葉自体を知らなかった。はじめて中城《なかぐすく》を訪れたとき、しばらく声がでなかった。たぶん口を半開きにして、ぼんやり立ちつくしていたのではないか。大げさなことをいえば、ちょっと泣きそうになっていた。もうアンコールワットには行かなくてもいい。行ったこともないのにランク付けをするのは傲慢《ごうまん》だが、中城の佇《たたず》まいは私を虜《とりこ》にした。数ある廃墟の心象のなかでも最上のものとなった。もちろんこんな気分に陥るのは私ぐらいのものであることは充分に承知している。でも、沖縄を訪れたなら、ぜひとも城を訪ねてほしい。

注意してほしいのは、私が夢中になっているのは中城それ自体ではなく、中城から inspire された心象であるということだ。私の心のなかには、ある漠然とした廃墟のイメージがあるのだが、そのイメージにアンコールワットよりも中城のほうが違和感なく合致したということだ。だからアンコールワットもその存在自体ではなく、私がアンコールワットの写真などから受けた心象とでもいうべきものこそが至宝なのであって、それを愛《め》でているからこそ現地に出向くことに躊躇《ためら》いを覚えていたのである。

中城の場合はなんら期待していなかったどころか、グスク——城と聞いていただけで、本州にある城址《じょうし》のようなものを漠然と思い描いていたところへ、ある理想像が唐突に眼前に拡がったことによる衝撃が加わって、私は脱魂状態に陥ってしまったのだ。

中城へは沖縄自動車道北中城インターを降りて右、右、右と覚えておけばいい。県道一四六号線は手頃なカーブが続く上りで、やがて中城城址公園の駐車場に至る。陽射しのきつい時期は、木蔭を狙って駐車するように。また、自販機でペットボトルのお茶でも買って城址におもむくといい。

ここであえて顰蹙《ひんしゅく》を買うようなことを書いておく。中城が琉球王国のグスク及び関連遺産群のうちのひとつとして指定され、つまり世界遺産となって、修復復元作業がはじまっている。これがどうも面白くない。古い石組みに真新しい石を押し込んである姿には強い違和感を覚える。中城だけでなく、ほかのグスクにも修復の手が入っているようだが、いままでずっと放置していたくせに、なんだかなあ……という気分だ。頭の悪い行政と金が欲しくてたまらない商人は、世界遺産指定を地域振興、商売繁盛によい機会であると捉えているのかもしれないが、いくら頑張ったって訪れる絶対数に大差はない。色違いの石を嵌《は》めこむような修復では、見物の者もしらけるばかりだ。詩情を解さぬ機械的修復では、再来訪を望むすべもない。それとも、ここも規模のちいさな首里城のようになってしまうのだろうか。

そういえば首里城もグスクであった。けれど、私はなんの感興も覚えない。義理でいちどだけ出向いて、しらけきってしまった。沖縄の人は誇らしげに首里城を訪れるようにと勧めるのだが、京都は平安神宮を訪れるのに似た気分を味わっただけだった。一応は訪れておくべき観光地、そのぴかぴか照り輝く威容を目の当たりにして、でかくて派手ならいいってもんじゃねえだろうなどと胸の裡《うち》で吐き棄てる始末である。なによりも為政者の威圧的な建物を復元してなにが愉しいのか、私にはわからない。

沖縄県民のどのような層であっても、首里城に関しては、急に琉球ナショナリズムとでもいうべきものを発揮してしまうのが面白いというか、片腹痛いというのが私の本音だ。為政者の象徴なんて、崩れかけた石垣程度でちょうどいいではないか。民のことを考える支配者？　笑わせるな。そいつが自らの意志で民以下の生活をしていたことなどあったためしがない。

さて、そういった雑で下種《げす》な事柄をはなれて、中城。私がはじめて訪れたときは修復もへったくれもなく、崩れたところは崩れたままに放置されて、それは美しい姿をさらしていた。

城は戦いに備えてのものであるから見晴らしのいい場所に構えるものではあるが、とりわけ中城はすばらしい。高さ一六七メートルの石灰岩の台地につくられているのだ。東に燦《きら》めく中城湾、そして太平洋、西に東シナ海を望み、その海の色彩には息を呑《の》まされる。さらに勝連《かつれん》半島、知念《ちねん》半島をはじめ洋上の島々まで見わたすことができる。この絶景だけでも訪れる甲斐があるというものだ。場合によっては、中城の上空は晴れているのに、彼方の黒々とした雨雲が烈しい驟雨《しゅうう》を降らせ、大地を銀色の帯で打ち据えている様さえ望見できる。灰銀色に烟《けむ》る天と地のスペクタクルを目の当たりにしたときは、吹き抜ける冷涼な雨風を受けて、宗教的な気持ちさえ抱いてしまった。

じつは中城は、第二次大戦における米軍の攻撃を免れた唯一のグスクといっていいのである。グスクの北側だけがなだらかな斜面となっているが、東、南、西と峻険《しゅんけん》な崖になっている。城壁に立って下方を覗《のぞ》きこむと男なら股間がざわつくはずだ。

中城がいつごろ、誰によって建てられたかはまだ判然としていない。英祖《えいそ》王（大成王の弟）がこの地を与えられて中城王子となり、この地にグスクを築いたという言い伝えが残っている。十三世紀末から十四世紀のことらしい。けれど史料がないのでどのような人物が何代にわたって居住していたかといったことは、まったくわかっておらず、中城按司《あんじ》と漠然と呼び習わされている。けれど琉球における築城石積みの技法がすべて用いられているところから、長い年月をかけてじっくりつくりあげられていったことだけは確実だ。

十五世紀になると中山王《ちゅうざんおう》である尚泰久《しょうたいきゅう》から中城を与えられた護佐丸《ごさまる》が移り住んだ。勝連半島で勢力をのばしはじめた阿麻和利《あまわり》の居城である勝連城を見張らせるためである。阿麻和利の策謀と護佐丸の死は、書物をあたると詳細に描かれているので、ここでは割愛しておく。本音をいえば、あまり感情移入できないのである。私としては、この城壁を築いたのが誰であるかはっきりしないという無名性をとりたいのだ。生臭い謀反の話など、どうでもいい。

三百円だったか、入場料を払って足を踏みいれると、ほとんどの人が勘違いしてしまうのだが、城の裏門からアプローチすることになる。私にとっては裏だろうが表だろうがどうでもいいことで、とにもかくにも、まずはこの石造りのアーチ門の造形に心を掻《か》き乱されるのだ。縦長なかまぼこ形の門の形状は良好に保たれているが、門の上方は石積みが微妙に崩れて斜めになっている。この裏門は護佐丸がつくったといわれていて、門の位置がくぼんだ場所にある。だから亜熱帯の強烈な陽射しのなかで、濃い影のなかに沈みがちである。敵が攻めてきたときに上や横から矢を射ることができるようにという工夫だそうだが、図らずも門に微妙な陰影をつくっているのだ。

ちなみに先に正門のことを解説してしまえば、当然ながら裏門の反対側、西にあって、首里を拝む配置になっている。木の門をのせた二階造りというものだったらしいが、いまでは櫓《やぐら》も消失し、両側の石垣しか残っていないので、正門の存在に気付かないまま退出してしまう見学者も多いようだ。

裏門を抜けると左側に三の郭《くるわ》に至る階段がある。急勾配だ。敵襲に備えて上りづらくしているらしい。濡れているときなど、下手に滑ると大怪我をするな——という不安を抑えきれない。いきなりこれかよ、などと愚痴《ぐち》を洩らしながら、人によっては膝に手をあてがって上る。

上りきると三の郭だ。ここの城壁に上ると勝連城が見える。護佐丸が阿麻和利の動静を見張るために増築したものらしい。この三の郭は二の郭と連結されていない（城壁を伝う危険をおかせば二の郭の城壁上に至るが、落下すれば即死まちがいなしである。自重してください）。石積みの手法も相方積み（乱れ積み）と呼ばれる新しい時代のもので、高いところが好きなバカの私は、とりあえず城壁に上って勝連半島、勝連城を望見して胸を高鳴らせる。なぜか戦闘モードになっている自分に気付いて苦笑いだ。

先ほどの急な石段を下ってもどり、二の郭に行く。拝所《うがんじゅ》があるくらいで、漠とした広場になっている。この二の郭はもっとも景色のよい場所だ。ぜひとも城壁に上ろう。二の郭と一の郭の城壁には人が通れる小径がつけられていて、外側の石垣も六十センチほど高く積みあげられて崖下に落下しないよう、安全が確保されている。犬走りというもので、敵を見張るため、あるいは矢などを射かけるための通路になっているのだ。そこで私は鋭い眼差しを西の東シナ海に、そして東の太平洋に注ぐ。海にはさまれた細長い沖縄島をもっとも実感させられる場所だ。暑い時期にここに上ると、いままでかいていた汗が吹きつける風に冷やされて、思わず歓声とも溜息ともつかぬものが洩れる。高所に海に強風と三拍子揃ったこの天と地の中間に在《あ》るという体感は絶対にバーチャルでは味わえぬもので、しばし我を忘れてください。

さて、二の郭と一の郭はアーチ門でつながっている。数えきれぬほど中城を訪れているにもかかわらず、これらの石造りのアーチ門をくぐるときには軽く肩に力がはいる。なんだか産まれる瞬間のような気分さえ味わっている。門や鳥居にはそういった意識、無意識の意図があるのではないか。あの瞬間の肌が引きしまる独特な緊張は、ゆるんだ意識を変換させるために仕組まれたものなのではないか。とにもかくにも女性器の象徴であることは間違いない、などと大げさなことを考えながら、いちばん大きな一の郭に抜ける。

かつて正殿があったところで、礎石などが残っている。どのような形状かはわからないが、ここには戦前まで建物があって番所、そして役場と利用されてきたそうだ。また薩摩《さつま》に支配されていたころは、中国からの冊封《さくほう》使節団がやってくると、薩摩の役人はここに引きこもって姿を隠したという。

さらに最後のアーチ門を抜けると、南の郭だ。ここは造られた時代がより古いことが直感できる。久高《くだか》島や首里城に向けて祈るための拝所がある。木々が生い茂り、緑のトンネルと化している。さて、拝所を抜けると、さらなる驚き——が待っている。

第二十四章　必ず、行きなさい（4）

中城《なかぐすく》城址の見学を終えて、さあ、もどりましょうか——と額の汗など拭いかけて、ところが眼前に異様な建造物が拡がって、思わず立ちどまる。腰に手などあてて、軽く反って見入ってしまう。

その巨大建造物はコンクリート製で、あきらかに現代のものだが、中城と同様に妙に有機的な曲線で構成されている。恣意《しい》的に継ぎ足していったというニュアンスもある。いかにもテーゲーなのである。常軌を逸したテーゲーだ。素人の私がみても耐震強度不足丸出しだ。兎にも角にも山の稜線に沿って、万里の長城のようにうねりながら、その黒灰色にくすんだ常軌を逸した無様な肢体をさらして続いている。最後は山の小高い部分にさらに積みあげるようにして、四角い柱のみで支えられた四層ほどの吹き抜けの物見台じみた塔の部分で終わる。

初めてこの廃墟《はいきょ》を探検したときは度肝を抜かれた。十三世紀末から十五世紀にかけて建てられた中城に連結するかのように、現代の遺跡が忽然《こつぜん》と姿をあらわすのだ。まったく予備知識がなければ、あなたも呆気《あっけ》にとられることだろう。その正体を私が知るのは探検後にあれこれ調べあげてからであったが、もったいつけずに来歴その他を記しておこう。

この廃墟は正式名称を中城高原ホテルといい、一九七五年の沖縄海洋博にあわせてオープンする予定で建設がはじまったそうだが、建築主が倒産し、放置されたまま現在に至るという。廃墟となって、かれこれ三十年以上たってしまっているのだ。

これだけ巨大な建物であるから取り壊しに要する経費を考えただけでも安易に手をつけられないのだろう。ともあれ廃墟マニアや兵隊の恰好をしてエアガンなどで撃ちあいをするサバゲーマニアと称するサバイバルゲーム愛好家にとっては『超有名物件』なのだそうだ。これだけの規模で、しかも中城の隣にあるということもあり、マニアでない私であってもなにやら胸騒ぎを覚えて積極的に探検したくなる廃墟である。

ホテルの正式な入り口ではないのだが、中城からむかうと、ROYAL ROAD PUBという表示のあるパブらしき広間から侵入することになる。出会ったことはないが、管理者がいて立入禁止になっているそうだから、あくまでも侵入である。もし、あなたが立ち入ろうとするならば、このことを頭の片隅に置いておいていただきたい。もっとも柵が張り巡らされているわけでもないし、パブの広間はぽっかりと口をあけてあなたを誘う。中城を訪れたついでに漠然と這入《はい》り込んでしまう者がほとんどだと思う。

はっきりいって安普請の極致である。剝《む》きだしになった鉄筋の細さ、少なさには苦笑が泛《うか》ぶほどだ。もちろん内装も、たとえばパブのカウンターなど、合板にプラ板のペーラペラである。落書きがよく似合う。むかしは仮面ライダーの青蛙じみた昆虫顔が巧みに描かれたりしていたが、最近は路上アーティストじみたスプレーペイントのブラザーの絵や文字などが際限なく落書きされている。

放火の痕もあちこちに残されている。本体がコンクリなので内装だけが燃え落ちて、黒焦げの柱などを散乱させているといった感じではあるが。また御叮嚀《ごていねい》にもすべてのガラスが割られているといっていい。床には破片が散って、鈍い青銀色の輝きを放っている。間違ってもゾウリ履きなどで這入り込まぬように。

あえて脅しておくが、ときにハブも出現するとのことだ。パブではなく、毒蛇のハブです。米軍放出の大きめの軍用ズボンなどを穿《は》いて毒牙がとおらぬ算段をしたほうがいいかもしれない。蘊蓄《うんちく》を傾ければ、じつはマムシのほうがはるかに毒性が強いそうだが、ハブは毒液の量がやたらと多い。だから危険なのである。肉の組織を壊死《えし》させるらしい。なにしろいまだに年間五人程度は命を落としているのだ。北海道に羆《ひぐま》があり、沖縄にハブがあるといったところだ。生ぬるい本州など糞喰《くそくら》えである（なにを息んでいるのか、自分でもよくわからなくなってきた）。

パブを抜けるとゆるやかにのぼりおりする回廊だ。トータルすればのぼっていく。赤絨毯《あかじゅうたん》の残滓《ざんし》が緋《ひ》色に染まったヒジキのように丸まって紡錘《ぼうすい》状となってのこっている。エアコンか製氷器か判然としないが、とにかくその手の機器が赤錆《さび》をまとって転がっている。つまり営業直前までいっていたのだ。どのような理由で営業中止に追い込まれたのか、じつはとても好奇心を擽《くすぐ》られるのだが、噂話ばかりで確かなことはなにもわからない。まあ、実際のところを知れば、たいしたこともないのだろうが。

回廊を脇にそれれば、ゲームセンターの跡やウオータースライダーとでもいうのだろうか、滑り台のついたプールらしきもの、巨大な岩が鎮座する部屋、大木がそのままのこされて天井を突き破っている部屋、なぜか動物園と称される壁画の鮮やかな奇妙なスペースや土産物屋らしい店舗跡など、その怪しいあれやこれやは枚挙にいとまない。

なお、私が初めてこの中城高原ホテルを訪れたときには、住人がいた。ホームレスというべきか思案してしまうのは、廃墟とはいえ頑丈なコンクリートの屋根があり、立派な部屋があるからだ。とにかくパブの近くの客室に幾人も住んでいた。鍵のかかっている部屋は在宅だったのだと思う。いや、鍵はないだろうが、内側からドアが開かぬ算段をしてあったのだ。

ともあれ客室外の廊下にずらっとハンガーがさがり、そこに洗濯物やタオルが干してあって、人が生活していることに気付いたのだが、住人が不在の部屋をそっとのぞかせてもらったところ、セミダブルのベッドが並んだツインの部屋で、毛先のひらいた歯ブラシをはじめとする細々とした生活必需品が整理整頓されて置かれてあり、ガラスこそ破壊されて喪われてはいたが、窓からは中城湾が青く霞んで望見できるという住環境としてはなかなかのものだった。

なにしろ近くにはトイレもあるのだ。使用していることは尿がかかる部分にあの黄色っぽい汚れが分厚く附着していることからもわかった。ついでに私も放尿してきた。もちろん水道は使えないし、電気がきていないから灯りはロウソクや懐中電灯だが、沖縄ならではの巨大な蜘《く》蛛《も》などの出現にも動じないならば、侮れぬ住環境である。

いまでは、住人の姿はない。夜な夜な悪さをしにくる米兵と戦争と称する大喧嘩をしたといった噂をきいたこともあるが、実際のところはわからない。ドラッグやセックスに関する落書きが多いことからも、飲酒だけでなく薬物の影響下にある者が無茶をしたような気もする。とにかく居心地の悪くなるなにかが起きたのだ。結果、住人の不在とともに廃墟化がどんどん進んでいき、殺伐の気配も濃くなってしまった。

縦横に、複雑なヒビのはいったポリバス、上半分を叩き割られた小便器、燃やされ、焼かれてスプリングが丸出しになったマットレス、崩落してしまった大広間の天井、なぜか乗りいれて見事に錆びて真っ赤っかのワゴン車など、オブジェには事欠かぬ中城高原ホテルであるが、そろそろ、いい加減しんどくなってくるころである。おなじ廃墟とはいえ中城城址の醸しだすような侘寂《わびさび》のかけらもないからだ。しかもじっとり湿って薄暗い。なにやら酸素が薄い。

まったく現代の城址は不細工である。なまじコンクリで造られているので原形だけは保たれている。これが痛々しい。薄汚い。そういえば地元の人はこの廃墟をチャイナタウンなどと称していたが、なるほど無様な竜宮城じみた全景を目の当たりにすると、その脈絡のない設計に呆《あき》れてしまう。それだけでなくこれで金を儲けようと目論んだ者の底の浅さまで浮かびあがってきてしまい、海洋博とはなんだったのか、などというよけいな感慨まで湧く始末だ。

けれど、ここは踏ん張っていただきたい。憂鬱《ゆううつ》な回廊を抜ければ物見の塔である。壁がないだけでも気分がいい。ただし壁がないぶん、潮風にやられてコンクリートが劣化している。場合によっては柵などがぐらついている。重いコンクリートであっても、淡々と力を加えていくうちに、ぐらぐらと揺れが増幅していくのである。慣性の法則というのだろうか。やめられない、とまらない。

もちろん崩落させる前にやめはするが、ほとんど鉄筋がはいっていないコンクリートの建物というのも凄《すさ》まじい。ゆえにあえて逃げを打たせてもらいます。たとえば落下事故などがおきても私は一切の責任を負いません。あくまでも自己責任で廃墟探検を愉しんでください。とりわけ物見の塔は開放的なつくりです。強風などの悪天候、酔っているときなどは勧められません。

それでも眼下に拡がる景色を愛《め》でながらのぼっていくと、もともとは柱が立っていたのだろうが、折れてなくなり、鉄筋だけが前衛生け花のように残されているのが点々と見下ろせ、この竜宮城が稜線に沿っていることが俯瞰《ふかん》からも露わになって、そのアメーバじみた建物の増殖ぶりをあらためて上方から確認して失笑が洩れるのだ。しかも数段だけ階段が切ってあって、ところがそこから先は急なスロープであったりと、制作者の意図がまったくわからぬ物見の塔を、抜けていく風に冷まされながら高度をかせいでいく。

塔の最上階にのぼると、中城城址までをも俯瞰《ふかん》できる。ほんとうに高いところにやってきたという実感がある。中城城址はその城壁を緑に包みこまれて、中城高原ホテルの延長線上に静かに佇《たたず》んでいる。俯瞰する方向からの錯覚だろうが、思いのほか四角くて、控えめだ。中城高原ホテルがあまりに突拍子もないから、その対比でよけいに抑え気味に見えるのかもしれない。

深呼吸などして中城湾側を見やれば、勝連《かつれん》半島や知念《ちねん》半島まで望見でき、北谷《ちゃたん》側を眺めれば細々と密集した市街地の先に、やはり水平線が拡がる海である。ここからは細長い沖縄島をより実感できるのだ。しかも私は見たことはないが、西側を観察していると、運がよければ、普天間基地に着陸する軍用機を見下ろすことができるそうだ。つまり着陸態勢にはいった飛行機は、この物見の塔よりも下を飛んでいくのである。これがなかなかに不思議な眺めだそうだ。

沖縄には高い山がない。登山のかわりに、この物見の塔にのぼるといい。アルカリ臭いとでもいおうか、ざらついた剝きだしのコンクリートのうえに腰をおろして下界を、そして空を見つめているうちに、なぜか安堵《あんど》の息をついている。

安堵は物見の塔をはじめとする廃墟を背後に従えているものだけに、微妙な不安感のようなものを隠しもっていて、だから完全に緊張から解き放たれるわけではないが、その密かに張りつめたものこそが、なにやら醍醐味《だいごみ》で、この圧倒的なエキゾチックさに私は抗《あらが》うことができず、バカと煙ではないが、沖縄を訪れるたびに中城に行くと称して廃墟の物見の塔にのぼるのである。

現代の城はこれまでにして、私が好きな城址をもうひとつあげると、中城から見張られていたという勝連城がはずせない。勝連城は聳《そび》えたつ石垣がなかなかのスペクタクルだ。私は知り合いの作家が琉球の空手家のことを描くことを知って、ぜひ勝連城を訪れてくれと声をかけたことがある。私の脳裏では、空手家がこの城址で対決するという絵があったのだ。残念ながら私の思惑は彼に通じず、勝連城の決闘は描かれていない。

第二十五章　ゆっくりしましょう（1）

リゾートホテルでのんびりするのは、たぶん気持ちがいいことなのだろう。けれど私は残念ながら、いまだかつてリゾートなるホテルに宿泊したことがない。

なぜならリゾートというと聞こえはいいけれど、たいがい辺鄙《へんぴ》なところにあって、辺鄙な場所であるだけならまだしも、なにやら辺鄙な周囲からさらに隔離され、その一角だけは自然と都会の利便が共存といった歪《ひず》みが生じていて、スーパーでトレイにのっかってパックされている魚の切り身（海外の安い労働力で小骨を抜きました）じみた人工的かつ過剰におせっかいで清潔な気配がして、選別され、装われ、区切られた自然を謳歌《おうか》すること自体が嘘くさく、鬱《うっ》陶《とう》しい。大仰なことを吐《ぬ》かせば、植民地支配を想起させるそんな場所で金を遣う気にはなれないというのが本音だ。

レンタカーを借りて本島北部を訪れた帰りに、冷たいものが飲みたいという同乗者の要請を受け、そういったリゾートホテルに立ち寄ったことが幾度かある。制服らしい派手なアロハを着た沖縄の若者が従業員で、上目遣いで注文をききにくる。ふつうに頼めばよいものを、従業員にたいしてやたらと居丈高にふるまうリゾート客などがいて、なんだか胃のあたりが縮こまる。この貧乏くさい光景が許容できないのだ。もちろん私は現地の従業員の上目遣いも大嫌いだ。

金を落とすほうも、金を貰うほうも、お互いがクールに振る舞えぬものか。単なる商行為であれば、このような悪臭が漂うはずもないのだが、非日常とやらに乗せられたバカ客ときたら目もあてられないし、相手の顔色を窺《うかが》いつつ手抜きばかりするアロハ従業員の顔つきも、許容しがたいほどに卑しい。

だから私にとってリゾート施設など端《はな》から選択肢になく、ゆったりのんびりしたいからこそ最近はハーバービューホテル近くのウィークリーマンションを愛用している。安価であることはいうまでもないが、もともとが分譲マンションとして建てられているので広々とした部屋でそっくりかえっていられるし、外食に飽きれば自炊道具がすべて揃っているし、洗濯物がたまれば洗濯機をまわす。つまり気負わぬ生活がおくれるということだ。

それ以前は県警本部近くにあるビジネスホテルのシングルの部屋が大好きだった。ウィークリーマンションにしろビジネスホテルにしろ、価格的に長逗留《とうりゅう》の負担が少ないことが前提としてあり、なによりも私は基本的に求めもしない他人と接触したくないのだ。

このビジネスホテルのことは以前、夕食バイキングで焼きあげたステーキを保温機のうえに山盛りにしてあって、なかまで火がとおって、ゴム草履のようになっていたと書いたのだが、それだけではない。なんと、チェックアウトの時刻になると冷房を切ってしまう！　のである。

ちょうど台風の季節にひと月ほど逗留していたのだが、午前十時過ぎくらいだったろうか、急にエアコンが送風だけになった。一時的なことだろうと高を括っていたが、やがて汗だくになった。故障かとフロントに尋ねたら、平然と『当ホテルはチェックアウトのお時間からチェックインまでのお時間、省エネのためエアコンを送風のみにさせていただいております』とのことだった。

まったく悪びれたところがないので、私は失笑し、ならば外を歩こうと気持ちを切り替えた。台風のときも引きちぎられて飛んでくる街路樹の枝に打たれながら、へらへら歩いていたが、超大型台風がやってきて、ホテルの者に外出を止められ、閉じ込められているときは、さすがにしんどかった。密閉されたホテルの部屋でエアコンなし。一応はノートパソコンを用意してきてはいたのだが、キーボードに汗が滴りおちる。執筆などできるはずもない。外出させないなら、エアコンを入れてくれ！

それでも、このホテルに悪感情を抱いていないのは格安であることと、近所に城岳《じょうがく》公園というすばらしい場所があったことによる。私はほとんど毎日、この城岳公園がある那覇市楚辺《そべ》周辺を歩きまわっていた。六百枚ほど書いて未完のまま抛《ほう》りだされている〈針《ニードルス》〉という作品のための取材だったのだが、目的をもって歩いたわけではない。漠然と日々を過ごし、いわば作品の舞台である那覇市楚辺の気配が肌に沁《し》みこむのを待っていた、といったところか。

城岳公園は那覇高校の南にある。城岳とは那覇高校を見おろす丘陵で、校歌にも登場する。私が初めてここを訪れた十数年前は、那覇高の生徒が書いたのだろうか、ベンチの背に太いフェルトペンの角張った文字で『男子たるもの、女子を貫き通せ！』という気合いの入った落書きがあって、目を見ひらいたウミヘビのような陰茎と、形状のはっきりしない（まだ、ちゃんと見たことがない？）女陰の絵が添えられていて、ニヤリとさせられたものだ。平成十六年十一月二十八日付の沖縄タイムス社説から引用させてもらう。

――沖縄戦では、戦前沖縄にあった中等学校の生徒のうち約二千三百人が、男子は鉄血勤皇隊や通信隊として、女子は看護要員として動員された。が、その半分が帰らぬ人となった。

那覇高の前身である県立第二中学校の生徒も百十五人が犠牲となった。

母校を見下ろす城岳公園の一角にある「二中健児の塔」には、学徒隊を含む沖縄戦犠牲者百九十六人の名が刻まれている――

女子を貫き通すのも青春ならば、学徒隊に駆りだされて若い命を散らす青春もある。下方から切れぎれにとどく、どんぐり保育園の子供たちの声を聞くともなしに聞きながら、私は二中健児の塔の前で、しばらく腕組みをして物思いに耽《ふけ》ったものだ。

もちろん私は読者諸兄姉に城岳公園で戦争と平和についてを考えていただきたいわけではな

い。決められたルートをノルマをこなすように駆けまわる、そういった旅行でないならば、そしてある程度時間と心に余裕があるならば、ぜひ城岳公園に至る裏路地を散策していただきたいのだ。

ここには観光と無関係な沖縄の姿がある。訪れるときは地図にある西側の路地を行くところをあえてうまく道に迷って、地図には載っていない人ひとりの幅しかないマンション脇の抜け道を通ってほしい。この抜け道に出会えたあなたには旅の神様がついている。なにしろ、耳を澄ますと、あちこちから生活の密《ひそ》やかな声がする。この強烈な、けれどしっとりとした旅情。較べるものとてない幸福の瞬間だ。

城岳の意外に急な斜面には、点々と亀甲墓《きっこうばか》がある。濃緑の苔《こけ》をまとい、ところどころ崩れている部分もある。不思議な眺めだ。だらだら坂と私が名付けた坂をあがって城岳公園に至るが、右に分かれる小径《こみち》を行くとトンネルがあらわれ、拝所がある。トンネルは日本軍が掘ったガマと呼ばれるものだが、鍵がかかっていて入れない。全長は五百メートルほどあるらしく、銃眼もあるそうだし、まだ収集されていない戦中の遺骨も眠っているとのことだ。ともあれ生活のなかの墓であり、拝所であり、ガマである。初めて訪れた右も左もわからぬときであっても、微妙に神妙な気持ちになり、私のような者でも拝所に手を合わせたものだ。

公園は平らで、私の歩幅で反対側、つまり那覇高校側に降りる階段まで百十歩ほどだ（こういう距離の測り方って、いいでしょう。肉体に刻むデータ。小説家はゴミをあさったり、歩数で数えたり、そんなことばかりしています）。芝のない部分に露出した土は奇妙な白茶色をしている。太古に隆起した珊瑚礁の成れの果てかもしれない。東側にトイレや水飲み場があり、木蔭には貫く男子のベンチがある。西側にはステージだろうか、段が組んである。県庁や県警の建物が望見でき、どんぐり保育園からは幼児の泣き声がとどいたりもする。その先に二中健児の塔がある。

この公園をなぜ、薦めるかといえば、那覇市街においてもっとも涼しい場所であるからである。つまりエアコンを止められてしかたなくあちこちを彷徨《さまよ》った私が、ようやく見つけた安息の地なのだ。

風がよく抜ける。木蔭のベンチに横たわれば、ほんとうに涼しい。台風が接近しているときなど、不安になるくらいの風が吹く。それがまた心を妙に昂ぶらせて、心地よいのである。

ごく稀《まれ》に授業時間のはずなのにデート中の那覇高の生徒がいたりもするが、ほとんどの場合、無人である。午前十時半頃に管理のおじいさんがゴミ箱のゴミ処理にやってくるくらいだ。かわいそうなことに那覇高の不純異性交遊生徒は、私という得体の知れない存在のおかげで落ち着かず、なんとなく立ち去ってしまうのだった。

私といえば、セーラー服を翻《はんすう》して立ち去る女の子を見送り、なかなかに可愛らしい娘さんではないか、などと彼女の面影を反芻し、〈針《ニードルス》〉の構想を練る。

ヒロインのキョウコが主人公であるニードルスと綽名《あだな》された混血の少年に逢いに、那覇高側の階段を息せき切って駆けあがってくる場面が脳裏に泛《うか》ぶ。城岳公園に立ったとたんに一陣の風が吹き抜けて、彼女の長く腰のない頭髪が煽《あお》られ、烈しく乱れる。主人公の少年は、キョウコの口のなかにまで入りこんでしまった黒髪を凝視する。キョウコは舌先を雑に動かして、髪を吐きだすような仕種《しぐさ》をする。その瞬間に覗《のぞ》けた、尖《とが》った舌先の血の色じみた色彩に、少年は発情する。

年下の少年とペッティングに耽《ふけ》る高校生のキョウコ、そのもって生まれた性的手管、処女にして巧みに勘所を摑《つか》みとるあざといまでの指先、けれどふとした拍子に発揮される過剰なまでの純情、少年と少女の旺盛な性の香り——。

そんな妄想に浸りつつ、腹だけは冷やさぬようにとおなかのうえに右手をのせ、左手は目のうえにおいて木洩れ日を避け、脱力しきってベンチに転がってうとうとしていると、どんぐり保育園からお遊戯の歌声が切れぎれにとどいたりする。頭上では蟬《せみ》が喚き、名も知らぬ鳥がピィキュウピィキュウ鳴き騒いでいるが、それさえも心地よい音楽のようで、いつのまにやら熟睡である。

私はビジネスホテルを追い出されると、かならず城岳にのぼり、うたた寝をした。そして昼下がりに目覚めるのだが、なぜかいつも寝汗をかいていた。強風といっていい風が抜けるせいで体温は強引に奪われるが、風自体にはたっぷりと湿気が詰まっているような気がする。寝汗は風の置きみやげ、というわけだ。私は寝汗を手の甲で雑にこすり、おもむろに上体をおこす。

大欠伸《おおあくび》とともに幾度か伸びをし、とたんに渇きと空腹を覚え、生温《ぬる》い水しかでない水道で渇ききった喉を潤し、公衆便所で排尿し、日よけのタオルを頭に巻きなおして城岳公園をくだる。だらだらとした歩みでバスターミナルのほうまで歩き、以前に書いた讃岐うどんの店にいく。

美味《おい》しいものを出す店がいくらでもあるのに、好きこのんで沖縄でいちばん不味《まず》い麺《めん》を食べに行くのだから、物好きなことだ。初めてひとくち啜《すす》ったときは、もう二度と食うまいと眉間に縦皺《たてじわ》を刻んだのに、なぜか癖になるのだ。強弁すれば、小説につかえるという物書き根性が働いたということもあるし、美味《うま》いものを食いたいという至極まっとうな願望の一方で、不味いものが奇妙なまでに馴染《なじ》むということもある。正直なところ、私は自分の気持ちがよくわからない。讃岐うどんの店があまりにも閑散としていて、その侘寂《わびさび》が旅情にひたっている私に沁みた、ということにしておこう。

第二十六章　ゆっくりしましょう（2）

すこし悩んだ。是が非でも訪れてくれ、とは言いづらいからだ。まったく煮え切らないが、福州園という施設を実際に訪れていただければ私の曖昧《あいまい》な態度も、そして躊躇《ためら》いもわかってもらえるだろう。チープといっては失礼だが、映画のオープンセットのような建物を真顔で見学するのもつらいものだ。ただ、いま入場料の確認をとったら無料開放になっていた。十年ほど前、私がときどき訪れてぼんやりしていたころは三百円也が必要だったので、お金を遣わせて失望させてはまずいという思いがあったのだが、無料ならば紹介してもかまわないだろう。

福州園という施設は、いまから六百年ほど前に中国福建省から渡来した閩《びん》人と呼ばれた人々が、当時浮島と呼ばれていた地域に久米という集落をつくって住み着いたことを記念して造られた公園施設だ。閩人とは現在の福建省に住んでいた古代中国、越族の一派である沿海民族のことらしく、客家《はっか》と呼ばれる漢族の子孫たちだ。歴史を繙《ひもと》いていくと、倭寇《わこう》の跋扈《ばっこ》に手を焼いていた明の皇帝が、久米村に定住した閩人三十六姓からの報告により、琉球が倭寇たちの侵略基地化していることを知り、倭寇を抑えるには琉球統一が急務ということで、道教の僧などを派遣し、この久米村の人々と協力して佐敷の按司《あじ》、巴志《はし》を擁立し、琉球国が統一されることとなる。皇帝はたいそうよろこび、尚の姓を賜《たまわ》り尚氏琉球国中山王統が成立したという。琉球と中国のつながりの深さをあらためて認識させられる事象だが、歴史的背景はともかく、福州園はかなり脱力できる施設だ。

久茂地《くもじ》の交差点から松山通りを波之上ビーチを目指して歩いていけばいい。右側に那覇商業高校、松山公園があり、その向かいが福州園だ。中国の影響を受けているとはいえ、識名《しきな》園や首里城はあくまでも琉球の建物だ。けれど福州園に建てられているのは、文字通り中国は福州の建物で、資材、設計、加工のすべてが中国による。そのエキゾチックさはなかなかだ。ふたつの池とそれに面した無数の建物、塔などからなる。

ただし福州園の通りに面している側はともかく、その背後の路地に潜りこむと、周辺の建物はかなり過密で、福州園内からもせっかくの中国情緒を裏切るあれやこれやが覗《のぞ》けてしまうのが残念だ。たとえば園の背後に隣接する古びたマンションのベランダが覆いかぶさってくるような錯覚がおき、そこにはためく大量の洗濯物などの風情には妙に生々しい生活を感じさせられ、違和感を覚えつつも、なんとなく和んだ気分になるからいいようなものの、いまはどうかわからないが知春亭で中国情緒にひたっていると、ちょうど目にはいる位置にビルの給水塔があり、そこに沖釣り案内、遠征釣り、トローリング云々と宣伝文句、そして巨大カジキマグロの稚拙《ちせつ》な絵が描かれていて、なんとも強烈な違和感を醸しだしていた。正直、巨大カジキマグロ大ジャンプだけは勘弁してほしいなあ……と苦笑したものだ。

いまは無料化されたのでどうでもいいことだが、私が訪れていた当時は、大きな台風がやってくると、海に面しているせいで強風吹きすさぶ旭ヶ丘公園のホームレスたちが福州園に緊急避難したそうだ。むかって左側の方亭門の薄黄色に塗られた柵から簡単に出入りできたのである。もちろん私は三百円也を支払って入場していましたが、なるほど園内に無数に林立する中国の建物は台風凌《しの》ぎにちょうどよい。

話が脇にそれてしまったが、観光客が多いときは、もう諦めの境地で耐えるしかない。わざわざ沖縄にやってきて福州の建物を鑑賞することもないだろうに、中国人観光客が多かったりする。騒がしい人たちだが、たぶん納得できないのではないだろうか。なんでいまさら自国の建物を見学しなければならんのか、と。だが、ときにほぼ無人となることがあり、そんなときにいちばん奥まった冶山の冶亭で昼寝などすると最高の気分だ。城岳《じょうがく》公園ほどではないが、風がよく抜けるのだ。こっちには屋根があるので雨もしのげる。

狐の嫁入り、沖縄でいう太陽雨《てぃーだあみ》のとき、冶亭に転がって雨音に耳を澄まし、雨風を肌に感じてうとうとしていると、まさに完全に脱力状態、ふと気付くと一時間ほどたっているといった按配《あんばい》で、心地よい朦朧《もうろう》のまま鼓膜を擽《くすぐ》る日本語と中国語で交互に施設建物の説明をするエンドレスのアナウンスさえもまるで音楽で、ゆるゆると起きあがり、岩山をくだる。眠気覚ましというわけでもないが、治山から落ちる滝の裏側にはいり霧状の飛沫《ひまつ》を浴びて深呼吸する。治山から離れて、枯れてしぼんだ芝生のうえをいくのも、独特の情緒がある。沖縄では芝生が育ちにくいのだろうか。それとも福州園だけのことなのか。ああ、そうだ、私が訪れていたころは、どういうわけか常に、なにかが焦げるような匂いがしていた。あれはいったいなんだったのだろう。

ともあれ中国から渡ってきた閩人たちは、のちの那覇の繁華街となる地域にしっかり根をおろしたというわけで、先見の明があったようだ。

いま、唐突に思い出した。前章の城岳公園の補遺のようなものだが、近所に〈医学教育研究所〉〈琉球医学心理研究所〉〈スピーチ訓練教室〉という三つの看板を掲げている家があった。あれは何だったのだろう。幾度かさりげなく覗きこんだのだが、人の気配は感じられず、それなのに微妙に怪しく愉しい雰囲気が汪溢《おういつ》していたのだが。

さて福州園の向かいの松山公園について書こう。気解《けだる》い暑さの昼下がり、ゴーヤーバーガーなんか買うんじゃなかったと唇についた炒り卵を舌でさぐりつつ、木蔭を求めて松山公園に潜りこむ。多少は高低があるが、なぜか平板な印象の公園だ。隣の那覇商から運動部の自棄《やけ》っぱちな雄叫《おたけ》びなどがとどき、暑さがさらに増す。

以前、集英社の学校講演で那覇商業の生徒たちに与太話をしたことがある。幾つか訪れた那覇の高校で、私の話にもっともよく食いついてきたのが那覇商の生徒たちで、他の高校とちがって瀬長島《せながしま》のドリフトなどに皆、顔を輝かせていた。とても健全な、よい高校である。高校の隣のカレー屋にはそんな彼ら彼女らを当て込んだ那覇商カレーなるメニューがあり、当時で五百円だったか。食欲旺盛な生徒たちにまじってさりげなく注文してみたが、おじさまには大量すぎた。量で勝負しているメニューである。味については評価を控えよう。

正直なところ、福州園にくらべてよさのあまり感じられない松山公園である。落ち着かないことの原因のひとつが、大量に生活しているホームレスの存在である。松山の繁華街が近いせいか、奥の東屋《あずまや》も占拠されていて、とても私の立ち入る隙などない。つまり私が横になってホームレスの真似事をする場所がない。

それどころか——。

あるとき、尿意を催して、通りから公園に入りこみ、左端にある公衆便所に駆け込みかけて驚愕《きようがく》した。

なんと便所の床に、ホームレスが転がっていたのである。もう少しで踏みつけてしまうところだった私は、情況がよく飲み込めぬまま、彼がまさに病に倒れていると勘違いし、だいじょうぶかと声をかけたところ、冷たい一瞥《いちべつ》がかえってきた。なんと彼は水を満たしたペットボトルを枕にして転がって、いや眠っていたのである。

なるほど。廃物利用の水枕ですか。たしかにむしむしと嫌な暑さの日だった。しかし、なにも好きこのんで濡れた公衆便所の床で眠ることはないだろう。私も驚かされたことに内心、密かな腹立ちを覚え、彼をまたいで小便器にむかい、派手に放尿した。

話はそれだけだが、いまでも彼の醒《さ》めた一瞥を思い出す。

彼としては涼をとっていただけであり、眠りを覚まされてしまったので腹を立てたのかもしれないが、私としてもシュールといっていい奇妙な現実に戸惑いを感じ、なんともいえない憤りに舌打ちをしたものだ。

あの拗《す》ねきった、開き直った眼差しには世棄て人の悪意とでもいうべきものが汪溢していて、ホームレスに対して親近感を抱きやすい（実際に私はホームレスとしてしばらく旭ヶ丘公園で暮らしたこともある）私のような人間であっても、その肌を戦闘モードとでも表現したくなるような緊迫した状態に変えてしまう不穏ななにかがあった。実際に私は一瞬、喧嘩腰だったのだ。

あの男は、あえて便所で眠っていたのだろう。そして、その姿に驚愕する者に対して、挑みかかるような視線を投げ、けれどそれ以上の何かをすることもなく、黙って横になりつづけ、その軀《からだ》をまたがなければ排泄《はいせつ》できぬ私たちの胸に、なにやらきつい楔《くさび》を打ち込むことができるということを意識か無意識かはともかく、しっかり把握していて、ペットボトルの水枕で頭を冷やしつつ、小便で濡れている可能性さえある床に転がりつづけるのである。

私はホームレスに対してもニュートラルである（つもりである）。つまりホームレスという括りで捉えるのではなく、あくまでも個対個という視点で接していきたい。たまたまホームレスをしている彼とたまたま小説家をしている私が公衆便所で接点をもち、私は苛立《いらだ》ちを覚えた。繰り返しになるが、あの不穏な気配はいったい何からもたらされたものなのだろうか。いまでも思いかえすと、肌が収縮するようだ。

観光客が訪れやすい公園といえば、国際通りを南に外れた、牧志《まきし》の公設市場に隣接した希望ヶ丘公園だろうか。このあたりは本サロ地帯として紹介した桜坂通りにも面しているのだが、どうも落ち着かない。

まず異様な数の野良猫が我が物顔でのさばっている。この公園を一言であらわせば、まちがいなく猫の山、である。猫どもが市場のおこぼれをあてにして生きているのは一目瞭然で、同様に市場に依存するホームレスもそれなりの数、棲息《せいそく》している。ときに市場から飛んできたと思われる巨大ゴキブリに対面することもある。

それでも市場散策に疲れたら、ゴーヤージュースとサーターアンダーギーでも買いこんで、天辺《てっぺん》のガジュマルの木の下で涼むと気分がよい。猫だって退治されないから次から次に仔《こ》を産んで栄えているわけで、親猫率いる子猫の隊列を漠然と眺めているうちに、この公園に漂う不可思議な猥雑《わいざつ》さを受けいれてそれなりにリラックスしている自分に気付く。

居住区というよりも商業圏にあることで、この公園は沖縄のなかでも特別な雰囲気をもっている。なにしろ市場では無数、無限といっていい品々が取引され、桜坂では春が（老いた凄《すさ》まじい春が売られているという噂もあるが）売られている。

以前は公園近くに桜坂琉映、そしてエロ映画専門のキリン館というふたつの映画館があったのだが、いつのまにやら桜坂シネコン琉映という気取った映画館に変貌《へんぼう》してしまい、また若者相手のファッショナブルなお店なども点々とできあがってきて、たしかに様変わりしつつあるのだろう。

けれど希望ヶ丘という名の丘をだらけた足取りでのぼりきり、赤レンガが敷き詰められている平べったい頂上で跳梁跋扈《ちょうりょうばっこ》する猫どもを見やりつつ汗を拭っていると、こんな街中にもかかわらず、いきなり下界からけたたましい鶏の鬨《とき》の声が聴こえたりもする。さあ、あなたも遠慮せず、ベンチに転がろう。

第二十七章　看板の左下には海星《ひとで》が

〈沖縄を撃つ！〉だが、打ち合わせなどの当初の段階においては、もっと過激で仮借のないものになるはずだった。大仰で傲慢《ごうまん》なことを吐《ぬ》かせば、過去も現在も、呆《あき》れるばかりの理不尽を押しつけられ、それに諦めまじりの笑みで耐える人々に活を入れてやりたかった。あなた方が本気で怒ったのは、コザ暴動のときだけではないか！

もちろん、そんな思い上がり、あるいは意欲は執筆をはじめる前から、すぐに凋《しぼ》んだ。それにはふたつの理由があった。

私はただの旅行者にすぎない。それに沖縄が大好きだ。ふとした瞬間に北谷《ちゃたん》のジャスコが脳裏に泛《うか》ぶのだから、戸惑い気味に苦笑するしかない。なぜだろう。私は北谷のジャスコが大好きで、沖縄本島を訪ねると、意味もなくジャスコを目指してしまう。そこで買い物をしている人々を眺めながら店内を散策する。まったく妙な趣味だが、私には公設市場などより、ジャスコの買い物風景のほうがフィットする。

ジャスコで、その土地に生活する人を眺める私——旅行者にすぎぬ私は、節度を保たなければならないという自戒もあって、文章を書くにあたって、これでも、それなりの抑制を自分に強いたのである。けれど、それだけではない。もうひとつ、まるで口ごもらせてしまうように、私の筆を微妙に抑えつける出来事が北谷であったのだ。

順序立てて話せば、私はアメラジアンという言葉が苦手で、そのカタカナを目にするたびに得体の知れない苛立《いらだ》ちと違和感を覚えてきた。ミックスキッズといった言葉にもなにやら困惑してしまう。もっとも当人たちが納得しているならば、私がとやかくいう筋合いはない。

沖縄における差別だが、離島差別、本島の南部その他の土地に対する差別（これが私には真っ先に感じられた）、そして沖縄女性と米軍属男性とのあいだにできた子供などに対する差別といったあたりが、よそから観光にきた私のような者であっても、あちこちうろつきまわり、言葉を交わしているうちに、やがて、じんわりと肌で感じられるようになってくる（ヤマトに対する微妙なあれこれには触れずにおくことにする）。

いわゆる『いい人』とされている沖縄県民の、含羞《はにか》んだような笑顔の裏のもうひとつの貌《かお》に気付くと、なにやら鼻白んでしまうのだが、鼻白んでしまうこと自体が私の心に根深く巣くっている差別感情の裏返しであって、差別はなにも沖縄だけでなく世界中に満遍なくあるわけで、だが、それにしても沖縄県民のふとした拍子に放たれる差別感情、その外面と内面の落差には、気を許しかけた私をたじろがせるだけの強烈さがあった。

——どこでも、いっしょじゃねえか。

そんな当たり前の感慨を苦く胸の裡《うち》で呟《つぶや》いて対処し、気持ちの整理をつけてきたが、この紀行文を書くことが決まって、取材がてら北谷を訪れ、ジャスコでの時間を愉しみ、それに飽きてブルーシールの店内で一休みしていたとき、白人系の顔立ちをした少年の一群に気付いた。

少年たちは当然ながらハーフ、いや派手なミックスキッズ的顔立ちで、平面的な日本人顔からすれば見事なまでに彫りの深いモデル顔だった。混血した者の顔貌《がんぼう》に抽《ぬき》んでた美を見いだすのは、実際にその顔貌が美しいからだろう。新たな特徴的要素が加わることによって、新たな美が生まれる。当然のことであるような気もする。

だが、そこに日本人の西欧白人に対する劣等意識まで含まれた美醜の価値判断、さらには沖縄における米軍の横暴なあれこれまでもが加わって、私が、そして沖縄県民が目の当たりにする混血の少年たちの外貌に対する印象は純粋な美の問題から離れ、微妙な様相を呈する。

私は北谷のブルーシールの店内の隅の一角にたむろする少年たちの目つきに気付いて、正直なところ、息を呑《の》んだ。

あちこちに油断なく視線を這《は》わす一方で、自分たち五人以外とは視線を合わせようとせずに、声を潜めて、仲間内での抑えた最低限の遣《や》り取りを交わす。

暗かった。

ほんとうに、暗かった。

こんな暗い眼をした少年たちに出会ったことはなかった。

なんといえばいいのだろう、少年たちは救済と無縁な被害者の暗さを、その美貌の背後からにじませ、眼差しをあげることがなかった。内輪では悪ぶって振る舞って、ときに口の端に笑みも泛ぶのだが、神経症気味な緊張はまったくほぐれることがない。

私はなにやら酸っぱい唾が湧きあがってきてしまい、少年たちに視線を向けるのがつらくなり、俯《うつむ》き加減でブルーシールの店内から逃げだした。

外にでても、脹脛《ふくらはぎ》のあたりが痼《しこ》ったように重く、容赦《ようしゃ》のない陽射しに焙《あぶ》られて、私は幾度か溜息をついた。

あそこまで追いこまれた眼差しをつくりあげてしまった『いい人』であるごく普通（であろう）の沖縄県民に私は嫌悪をもよおした。しかもブルーシールの店内に集う『いい人』であるごく普通の沖縄県民は、少年たちをとりあえずは存在しないものとして、きれいに抹殺していた。この意図的な無視は、まさに抹殺で、ある瞬間には問答無用の殺戮《さつりく》につながりかねない気配を孕《はら》んでいるとするのは、私の考えすぎだろうか。

とにかく感じやすいヤマトンチューの私はその場から無様に逃げだしたのである。

その後、取材名目で連絡をいれたりせずに私はひとりで宜野湾《ぎのわん》のアメラジアン・スクールを訪ねることにした。取材という言葉も、じつは大嫌いだ。私に観察する理由はあっても、アメラジアンの君は、私に観察される理由などない。そんな逡《しゅん》巡《じゅん》もあって、とりあえず学校まで行ってみてから考えようとレンタカーを運転したのだった。

けれどアメラジアン・スクールの前まで行き、サイドウインドウを降ろして、子供たちが描いたOKINAWA AMERASIAN SCHOOLの極彩色の看板を目の当たりにしたとたんに気持ちが萎《な》えてしまい、得体の知れない申し訳なさに俯いて、その場から逃げだしてしまった。

まったく逃げだしてしまってばかりの私であるが、OKINAWA AMERASIAN SCHOOLの看板に描かれていた海星《ひとで》の姿だけがいまでもなぜか脳裏に強く刻まれている。

このとき私は、この紀行文で当初、目論んでいた過激で仮借のないものを完全に封印した。有り体にいえば、逃げだしてしまってばかりの私は、さらに逃げだしたのである。書けない。触れられない。だらしのない話だが、あの少年たちの眼差しが脳裏にあるうちは私には書けない。いや、なにを書いていいのかわからない。ましてや偉そうに糾弾したりしたとしたら、それは犯罪だ。誰も私を罰することはないだろうが、私の倫理観のなかでは、それは最悪の犯罪だ。ゆえに罪を犯すよりは沈黙と、安っぽいどうでもいいお喋《しゃべ》りに紙幅を費やすことにした。

とはいえ、沖縄県民にとっては、それでもあまり気分のよい紀行文ではないだろう。いちばん多くページを割いているのが売春についてであったりするのだから。いったいどこをどう抑えているんだよ、と糾弾されてしまいそうだ。けれど本土の男どもは、ニヤついて「沖縄は女が安いし、選び放題だ」などと口ばしり、飛行機に乗るのである。

透きとおった海と珊瑚のことだけを書いておいて、沖縄の美を礼賛しておけば、すべては丸くおさまるのは充分に承知している。けれど沖縄には人が住んでいる。人が住んでいるところには、必ず矛盾がある。苦しみがあり、痛みがあり、悲しみがある。もちろん喜びも。

もう四半世紀前になるが、私は柳宗悦の民藝館（柳宗悦に関しては、個人的には意見もあるが、それに触れている余地はない）で沖縄の美を知り、その文化芸術に深い敬意を抱き、現在に至るのだが、同様に超越的に美しい自然に打たれて、ときに落涙しそうな衝動が迫《せ》りあがることを抑えられない。

けれど文化芸術、そして自然の美を礼賛し紹介する書籍はいくらでもあり、そこに住む人間のいとおしさに触れる書籍もいくらでもある。文化芸術および自然を賛美するのは、それがすばらしいのだから当然のことであるが、人間を画一的にいい人扱いするのは、どうだろう。

私がギターを弾いていた十代、ブルースにかぶれた友人が、常軌を逸した黒人礼賛をはじめたことがある。奴隷としてアメリカ大陸に連れてこられたことをはじめとして、読みかじった知識であれやこれやを糾弾するのだが、それはせめて白人様に仰有《おっしゃ》っていただかないと、いくら義憤にかられたからといって私に説教をしても、鬱陶《うっとう》しいだけである。

十代の私のスタンスは、黒人と一括りにするな。私にとって好ましい黒人もいれば、憎たらしい黒人もいるに違いない——というものだった。そのスタンスは多少は言葉が高級になったりしてはいるが、いまも本質的に変わらない。

沖縄の人に対する言辞のなかで、いつも度し難いと腹立ちを覚えるのは、いい人扱いとでもいうべきものである。ブルースかぶれの友人は、黒人すべてがいい人であると眦決《まなじり》して規定して、譲るところがなかった。まあ、十代である。許してやりたい。

けれど、いい大人が（ときに文化人と称する人までもが）すこし高い位置から沖縄の人々は多少は困ったところもあるにせよ、皆よい人と決めつけるのは、絶対に許せない。

人は矛盾のかたまりだ。ある面では善き人であり、ある面では愚かであり、ある面では悪を為す。こんな当然のことを書くのも気恥ずかしいが、沖縄の人は、よい人扱いをされたら気をつけたほうがいい。あなたをよい人扱いするその者は、あなたを飼い犬のように思っている。善悪という重要な価値判断を、当事者を差し置いて一方的に決めつけてしまう傲慢《ごうまん》は、まるでペットの従順さをよいものとするよき飼い主の遣り口だ。

こういうペットの飼い主的感受性の持ち主は、飼い犬扱いしている対象に過剰に手をだして弄《もてあそ》んだあげくに手を咬《か》まれ、とたんに豹変《ひょうへん》するものである。沖縄礼賛の書籍を書きながら、その裏で沖縄県民度し難しといった言辞を吐くクズを知っている。それどころか沖縄礼賛で飯を食っている者のほとんどが、ある瞬間に沖縄県民を見限る言辞を吐く。それは移住と称して沖縄に移り住む人にも顕著にみられることだ。

ブルーシールの店内にたむろしていた混血の少年たちの眼差しを知ってしまった私は、とても沖縄の人々をいい人扱いすることはできない。ブルーシールの店内にたむろしている混血の少年たちは、あなたたち琉球の民の同胞か。それとも排除すべき異物か。

少年たちのあの目つきから、あなた方が少年たちにどのように接してきたか、大凡《おおよそ》がわかってしまった。

流れている琉球の血が、半分では、だめなのか。半分しか流れていない、ではなくて、半分も流れていると抱きかかえてやれないのか。あなた方は、まちがいなく差別する人たちだ。

私も自分の偽善や無様さを恥じる。だから沖縄に生まれ、沖縄に暮らすあなたにも、あえて言う。――すこしは恥を知れ。守礼の国とあなたが自ら誇らしげに口ばしるとき、私は笑みの背後で唾を吐いている。

第二十八章　水死体倶楽部

たまには愉しい観光のことを書こうと思います。けれどその前に、沖縄に引っ越そうと考えている方にとってはあまり愉しくない事実を記しておくことにする。

物の値段だが、安くありません。東京を発つ前に都下三鷹のスーパーで生鮮品その他の価格を、そして吉祥寺の量販店などで家電やパソコンなどの価格を調べて沖縄に出向き、悲しき人買いの章でも書いたサンエーなどの地元のスーパーや家電店などで価格を比較してみたところ（一度だけでは遺漏があるだろうから、ほぼ毎回調べた）、意外な結果がでたのだ。

野菜などの生鮮品がとりわけ高い。もちろん地物は安いのだが、そうでないキャベツなどは場合によっては三鷹の百円増しといったところか。本土からとどく菓子の類も高いし、同様に調味料なども高価だ。家電も高い。パソコンや周辺機器などは眉間に縦皺《たてじわ》が寄るくらい高い。理由は判然としないが、とりわけデジカメが高価だ。高価なのは、当然ながら輸送費がかかるということなのだろうが、沖縄が島――それも離島であることを実感させられる瞬間だ。

もちろん地物の野菜や近海でとれた魚、そして豚肉ばかりを食べているならば、それなりに安上がりにすますことができるだろう。家電やパソコンと無関係に生きていくならば、問題はない。けれど、そういえばチャンプルーに使う素麺《そうめん》も高価だった。

島でとれるものだけでやっていくことは現実的には不可能だ。沖縄に移り住もうと考えている方は、本土で食べていたものと同様の食事をつくろうとすると、とたんに途轍《とてつ》もなくコストが跳《は》ねあがることを念頭においておいたほうがいい。

家賃は安いと力説する人も多いが、那覇などの都市部の不動産価格は借りるのも買うのも他の地方都市に比べて決して安くない。島であるから土地に限りがあるということだ。蛇足だが沖縄で仕事をしていた一級建築士を知っている。その方によると、建築工事における手抜きが尋常でなく、唖然《あぜん》とさせられるそうだ。一例をあげればコンクリートで固める部分の水増しに木屑《くず》をいれてしまうなどといったことが平然と行われているという。結果、コンクリートなのにシロアリが湧くという笑えないことが起きる。地震が少ないことが幸いだが、万が一のことを考えると、いい気分はしない。

同様の価格調査をすると、物価に関しては北海道の安さが際立ってくる（私は開拓期の蝦夷《えぞ》地を描く長篇小説のために北海道に住み着いてしまったのだ）。もっとも東京の価格を基準に沖縄および北海道の物価をざっと比較した素人調査なので、間違いがあるかもしれない。それでも断言できる。北海道における生鮮食料品は質も抜群で価格も安い。食料に限れば北海道は自給自足が叶うのではないか。もちろん北海道は土地も安いし、厳冬を考慮せねばならぬから建物の強度も沖縄とは比較にならない。平成十八年の夏は、北海道らしくない猛暑で、建物の密閉度が抜群なのが仇《あだ》になり、戸締まりをした無人家屋の火災報知器が淀《よど》んだ熱気で誤作動してしまうということが幾件もあったという。

日本の北の端と南の端、どちらも種々の問題を抱えて日本の歪みが凝縮しているようなところがあるが、沖縄と比べると自然条件の過酷な北海道のほうが本質的な強度を獲得しているような気がする。ただし私は優劣を口にしているのではないから、勘違いをしないでください。北海道北端の稚内《わっかない》はガソリンが高い。稚内価格と呼ばれている。輸送コストが上乗せされるという単純なことなのだが、同様に、沖縄は物価高であるという事実を指摘しておきます。

さて、観光。沖縄といえば海。これが沖縄の海かと呆《あき》れる汚さの波之上《なみのうえ》の人工ビーチで泳ぐのも一興だが、やはり本土からわざわざ訪れるのだから、抽《ぬき》んでて美しい海で泳ぎたいものだ。そこで離島に出向くというわけだが、私は離島が苦手だ。昼間は海にはいっているからいいが、夜はすることがない。しかも民宿は押せ押せで食い物はまずい。つまり私は無為を愉しめるのもせいぜい数日といった風流を解さぬ人間なのである。

私のような者には、青い珊瑚の海など無縁なのかなあと自嘲《じちょう》気味にあきらめかけていたのだが、とまりんこと那覇の泊埠頭《ふとう》フェリーターミナルを訪れて、すばらしいことに気付いた。

そもそもとまりんを訪ねたのは、テナントに書店がはいっていて、沖縄関係の書籍を漁るのが目的だったのだが（現在、とまりんの書店は閉店してしまった）、漠然とフェリーその他の時刻表を眺めていて、手を打った。当然ながら自動車を運ぶフェリーは遅い。時間がかかる。けれど高速船に乗ると、たとえば渡嘉敷《とかしき》島まで三十五分、途中で阿嘉《あか》島に寄って十分ほど停泊するが座間味《ざまみ》までも一時間少々と、日帰りが可能なのである！

小躍りした私は北谷《ちゃたん》にあるメイクマン美浜《みはま》店（ホームセンター）に出向き、テナントではいっているダイビングショップ、シーサーで海水パンツに水中メガネ、シュノーケル、そして足ヒレ——フィンを買いこんだ。店員が親切かつ詳しいので、顔にフィットする水中メガネをはじめ、あれこれアドバイスしてもらうといい。

道具を入手したら、それを試すために国道五八号線を北に、恩納《おんな》村は真栄田《まえだ》岬を訪れるのが手っ取り早い。体格の立派な米兵がダイビングしているのに出くわすと、まさに潜水工作員——フロッグメンといった感じだ。波がなければシュノーケリングでも、魚影の濃さが感動的なすばらしい光景が拡がる。海底にはダイバーが摑《つか》まるための鎖が這《は》わせてある。私は訪れたことはないが、岬の東側には海底洞窟《どうくつ》があり（これもシュノーケリングで充分とのこと）、水中ライトが必要だが、絶妙な青のグラデーションの幻想的な光景を愉しむことができるという。

さて、せっかちな私は慶良間《けらま》列島のなかでも、最も早く行くことのできる渡嘉敷島が好きだ。乗船予約をしたら、まずはとまりんの近くのコンビニでペットボトルの飲料や昼食用の弁当などを買いこむ。日焼け止めのローションなども必須だ。島ではあれこれ物を入手するのが難しい。くれぐれも忘れ物のないように。さて、前にも書いたが、三十五分の船旅である。けれど、那覇からたった三十五分で、日本でも有数の透明度の海に浮かぶことができるのだ。

そう、水死体倶楽部とは私が主催しているシュノーケリングのクラブで、ダイビングのように積極的に軀《からだ》を使う能動的なものではなく、漠然とシュノーケルを咥《くわ》えて波間に浮かんでいるだけという優雅な集まりだ。もっとも名称が名称だけに、参加者は少ない。けれど能動と無縁の集まりゆえに、積極的に参加者を募ることもなく、今日もまた各人が勝手に波間に漂うばかりである。

渡嘉敷島はフェリー乗り場からバスに乗って島を縦断しなければならないが、阿波連《あはれん》ビーチがいい。弧を描く白砂のビーチは八百メートルほどもあるそうだ。その透明度には息を呑《の》まされる。彼方まで海中の岩のありかが一目瞭然で、魚の姿もくっきりと海面から捉えることができる。

けれど波間に浮かんで海中の光景を愉しむならば、阿波連ビーチから外れて西側の岩場にむかうといい。このあたりの海は透明度が高いだけでなく、水温が高い。伊豆などの海で長時間浮かんでいると唇が真っ青になってしまうが、この海は温水プールのようだ。つまり、いつまでも浮かんでいられるわけだ。もちろん気が向いたら、潜る。青い軀を揺らめかせるスズメダイの仲間や、鮮やかな黄色のチョウチョウウオ、巨大なイラブチャーやハリセンボンが泳ぐのを青い珊瑚のあいだに見つけたら、ゆるゆると追ってみるといい。ある程度深みまで潜ると、ウミヘビが岩のあいだから顔を覗《のぞ》かせる。

ただし、この岩場は波が高いとそれなりに危険な場所と化す。水深もあるし、潮の流れも急なところがある。あまり図に乗って沖にでないほうがいい。いまだかつて叱《しか》られたことはないが、ひょっとしたら遊泳禁止になっているのかもしれない。速い潮流に彼方まで運ばれると緊張を覚える。泳ぎに自信のない者は控えたほうがいいだろう。自信のある者は自信が仇とならぬように注意してほしい。逃げを打たせてもらえば、自己責任ということだ。

リスクのない海水浴はない、ということだが、それにしてもこの岩場の美しさは図抜けている。ただし台風の前後は避けよう。海が荒れているだけでなく、風が海を攪拌《かくはん》して濁らせてしまう。それさえ避ければ、青い珊瑚を主体とした気の遠くなるような光景が拡がるのを思う存分愉しむことができる。

ああ、そうだ。老婆心ながら付け加えておけば、絶対に裸で泳いではいけない。陽射しの強さは尋常でない。波間に浮かんでいるということは背中が丸出しということで、日焼けをとおりこしてすぐに火ぶくれができてしまう。だからTシャツを着て泳ぐこと。ウエットスーツがあればもっといい。またTシャツなどで隠せない首筋などには念入りに日焼け止めのローションを塗っておこう。

具体的な時間割を示しておけば、泊港を朝九時に発って九時半過ぎには渡嘉敷島に着いている。阿波連ビーチに行くのに三十分ほどか。まあ、朝の十時過ぎには、波間に浮かぶこととなる。帰りは五時半発の最終高速船に乗る。すると夕刻六時過ぎには泊港に帰ってくることができる。那覇にもどれば夕食は旨い物が食い放題だし、夜遊びも愉しめる。人肌が恋しくなれば真栄原《まえはら》に出向くこともできるというわけで、私が高速船をお薦めする理由を理解していただけたと思う。

子供がいるならば、すこし時間がかかるが座間味島もいい。遠浅で静かなビーチが待っている。沖まで泳いでいき、ブイに摑まって海中を覗けば、無数の、極彩色の小魚が群れ集まり、貴方を突っついてくる。なんともくすぐったい光景だ。ただし、どの島にわたるにも海が荒れていれば、それなりに船は揺れる。私は船酔いと無縁なのだが、ときどき派手に魚に餌《えさ》を撒《ま》いている人がいる。船に弱い方は注意してください。

無人島ということで売り出しているチービシ（慶伊瀬《けいせ》島）は神山、クエフ、ナガンヌの三つの島からなる。上陸できるのはナガンヌ島、那覇はとまりんからなんと二十分、けれど無人島というキャッチフレーズと珊瑚礁に囲まれた細長い島の美しい写真に誘われて訪れると、遣《や》り過ぎと思われるくらいに設備が整っている。無人島ではあるが、本島から水を運んできているそうで、トイレは水洗で、シャワーもある。設備が整っているのだから文句はないといいたいところだが、はっきりいってあまり愉しい島ではない。

やたらと管理が厳しいのだ。シュノーケリングをするには、有料のライフジャケットを着用しなければならず（つまり潜ってはいけないということだ）、しかも遊泳できる場所は細かく区切られ限られていて、少しでも外れれば拡声器で怒鳴られてしまう。しかも遠浅すぎて、泳いでいるうちに珊瑚に足の臑《すね》をこすって出血する始末だ。

あとで調べてみたらこの島は準絶滅危惧《きぐ》種に指定されているアジサシという水鳥の営巣地であり、ウミガメの産卵場所でもあるそうだ。そういったこともあってあれこれ規制が厳しいのかもしれないが、それならば島に人間をわたらせなければよいのにと考えてしまう。その一方で、この島で大好きな人とふたりだけで過ごすことができたら、などと夢想してしまったりもした。

第二十九章　波之上でアウトドア・ライフ（1）

もともと私は野宿ばかりしてきた。とりわけ小説家になる前の私は、対人関係に疲れると発作的に逃避して、旅行にでてしまうようなところがあった。おかげで観光地とは無縁だが、日本中くまなく知っている。

旅という言葉に含まれている若気の至りじみた気負いに私は微妙な恥ずかしさを覚えるので、日常的にも旅行と言っているが、実際はオートバイに野営の道具を積んで人のいない場所、たとえば山中の林道などを中心に徘徊《はいかい》し、自炊を続けながら半月、ひと月と地面に横になって星を見ながら眠り、いい加減に人恋しくなれば途轍《とてつ》もない勢いで、青森県は下北半島の山中から一息に東京に駆けもどるといったことを続けてきた。

私は地べたに眠ることにまったく抵抗を覚えない人間なのだ。二十代前半のことだ。出奔してきた人妻と日本中を旅行してまわり、彼女の所持金が福岡で尽きた。常識的には金銭が尽きたときが旅の終わりだが、私は平然と九州大学の体育館の踊り場に段ボールを敷いて、あるいは廃棄されたと思われる保冷車のコンテナのなかで眠るといったことを彼女に強いた。

当然ながら彼女はそれに耐えられず、博多のカントリー・アンド・ウエスタンの生演奏がはいっているバーのホステスを始めた。私は店から彼女にあてがわれたマンションの一室に同居し、しばらくヒモのようなことをしていたが、ある日、あなたは東京に帰りなさい——と新幹線の乗車券とバーから盗んできたと思われるバーボンのボトルをわたされ、間抜けな私は内心、久々に東京にもどれると喜び、車中でこれ見よがしにラッパ飲みして寝穢《いぎた》なく眠った。ところが東京駅に着いてから、唐突に彼女に棄てられたということに思い至ったあげくに、階段で飲み残しのバーボンのボトルを落として割ってしまい、あたり一面に芳香を振りまいてしまったという無様な過去がある。

話がそれてしまったが、とにもかくにも私は地面に転がって眠ることに抵抗のない人間であることがわかってもらえたと思う。このあたりのことを疎《おろそ》かにしておくと、これから書くことを真に受けてもらえないと思い、やや長いがほろ苦いような、すっぱいような思い出話まで持ちだしておいた。

もう十年以上前のことだろう。正確な年月が曖昧《あいまい》なのは、完成させることができなかったことに対する罪悪感に近い微妙な感情があるからかもしれない。そのころ私は角川書店で〈針《ニードルス》〉という長篇作品を書き下ろすことになっていた。取材のために角川書店に滞在費その他をだしてもらって、台風の時期にひと月近くRというビジネスホテルにひとりで滞在した。このホテルは〈飯でも喰うか（4）〉の章で登場した。夕食バイキングで、焼きあげたステーキを保温機のうえに放置して熱を加えっぱなし、ゴム草履じみた食感（ゴム草履を食べたことはありませんが）の歯の立たぬ代物に変えてしまうという酷いことをするホテルです。それだけでなく〈ゆっくりしましょう（1）〉の章で書いたように『当ホテルはチェックアウトのお時間からチェックインまでのお時間、省エネのためエアコンを送風のみにさせていただいております』と、平然とエアコンを止めてしまうのだから、仕事をしようと思っていた私は啞然《あぜん》として苦笑、昼間は否応なしに屋外を徘徊するしかない状態におかれた。結果的には、そのおかげで取材がはかどったのでRホテルに悪感情は抱いていないが、じつはこのホテルに一週間ほどもどらぬことがあった。

この一週間こそが、このときの沖縄取材の核《コア》であり、私が沖縄という土地に固執するようになった原因でもある。だが、その前に未完成の〈針《ニードルス》〉という作品について、少々記しておこう。主人公は針と呼ばれる尖《とが》った頭髪をもつ混血の少年で、実際にはほとんど役に立たぬ超能力をもっている。じつは単行本一冊分以上に相当する枚数の原稿を書きあげているのだが、導入はこんな具合だ。

——陽射しが雲の影を切り裂いて、剝《む》きだしの二の腕に褐色の刺青《いれずみ》をほどこして疾《はし》り去っていく。だが、皮膚はその熱を感じなくなっていた。紫外線が汗をまとった素肌を灼《や》く瞬間の、足指の股の蒸れた垢のような匂いは、もうしない。肌も鼻もなかば麻痺《まひ》していた。かろうじて眼と耳だけが生きていた――

なかなか気合いが入っている。気恥ずかしい。この作品は、構想段階では琉球篇とヤマト篇に分かれていて、琉球篇では針の童貞喪失からはじまり、無意味な超能力に対する苛立《いらだ》ちと沖縄において混血であることの意味と現実を描き、その一方で密輸までをもこなす海賊としての爽快な冒険場面を書きこむつもりだった。ヤマト篇になると、針は本土で芸能人として活躍することとなる。芸能人としての栄光と挫折《ざせつ》の筋書きは脳裏にありありとあるが、書かれぬ作品のことをあれこれ解説するのも愚かだからこのくらいにしておく。まだ沖縄県が芸能人の供給地として脚光を浴びる前であったから、作品が出版されていれば、私は先見を誇ることができただろう。

この作品が挫折したのは、構想が大掛かりすぎたこと、そして描写が密になりすぎたことによる。作業フォルダ中の未完成というフォルダをあけて原稿をひらいてみたところ、四百字詰めにして五七一枚書いていた。ところがこれだけの枚数を費やして、少年である針の数日間を描いただけであった。この調子で書いていくと、いったいどれほどの長篇になるのか――。ヤマト篇に辿《たど》り着くまでにいったい幾枚費やすのかに思いを巡らせて、当時の私は呆然《ぼうぜん》としたものだ。

私にとって沖縄の風土は、数日間の描写に五七一枚も費やしてしまうほどに密度の濃いものであったのだ。砕けた言い方をすれば、書くことがいくらでもあるということだ。いくらでも、書ける。書けてしまう。結果、私は逆に身動きが取れなくなり、また連載仕事が増えてきたこともあり、〈針《ニードルス》〉は五七一枚をもって封印されてしまった。

沖縄については近松門左衛門のいうところの虚実皮膜を念頭に幾つもの短篇を書いている。けれど、これから書くことは小説の題材には遣《つか》っていない。娯楽小説の皮をかぶった〈針《ニードルス》〉の奥底に流れている真のテーマ、琉球独立運動を知ったのもこのときだ。この主題で作品を完成させていないことに忸怩《じくじ》たる思いがあるが、これは私の個人的な問題だ。

さて、エアコンを止められてしまった九月の那覇のホテル、窓が中途半端にしかひらかぬシングル・ルームに滞在し続けるのは難しい。ベッドメイクのおばさんもたいへんだろうが、肉体労働ならば決められた手順に従って汗をかけばいい。けれど頭脳労働に集中するのは、無理だった。しかたなしに日中は外をほっつき歩いていたわけだが、私はじつによく歩く。二時間くらいで歩ける距離なら、バスやタクシーを使うことはない。単独で取材をさせてくれと願いでたのも、じつは自分がよく歩くことを自覚しているからである。熱波にやられて朦朧《もうろう》として歩く、といったことを編集者に付き合わせるには忍びない。

あるころから私は夕刻になると、決まって波之上ビーチに出向くようになった。Tシャツを着たまま泳ぐ地元のガキどもをぼんやり眺め、波之上橋を行く車を眺める。もはや諳誦《あんしょう》できるくせにハブクラゲ注意の看板を幾度も読み返し、カトリックのくせに波之上宮にお参りもする。私は東シナ海に面した（というにはその規模の矮小《わいしょう》さゆえか微妙な躊躇《ためら》いを覚えもするが）この人工ビーチの、まるで沖縄とは思えない淀《よど》んだ海が、なぜか好ましく感じられ、この一帯を散策するようになった。

このビーチに面した旭ヶ丘公園をだらだら登っていく。昼の暑さもようやく鎮まり、一息つける時刻である。波之上橋に区切られて両断された夕陽を眺めつつ、旭ヶ丘という名前があらわすとおり、カタツムリの殻のうえをぐるぐる回るような気分で丘に登っていくと、かなりの確率で公園の柵に洗濯物が乾してある。もちろん色っぽい洗濯物などではなく、男のランニングや下着、ズボンなどだ。それらはちゃんと洗濯ばさみで留めてあるのだから侮《あなど》れない。公園に洗濯物――。初めて訪れたときから気になっていたのだが、この東シナ海の潮風にはためく洗濯物が、まさかホームレスのものだとは思いもしなかった。

洗濯し、それを乾すホームレス。少なくとも東京に生まれ育った私の思い込みを見事に打ち崩すものだった。なにしろ歌舞伎町で過ごしていたころの私が知っているホームレスは着の身着のままで汚れ放題、真冬の早朝、朝露が霜となって凍りついて曖昧な銀色に光るゴミの山の中に頭から突っこむようにして倒れこみ、報せを受けた警官が、直接さわりたくないことから、わざわざ用意した真新しい軍手を片手にだけはめて倒れた男の内股あたりを思い切りつねり、反応がないと死んでいるとみなし、つねるのに使った軍手を屍体《したい》のうえにそっと投げ棄て、おもむろに死者に対する処置をするという存在であった。

男の洗濯物自体には興味がないが、私はそれを乾した人物に興味を抱き、まだ昼の熱気の残るころに丘に登ることには若干の鬱陶《うっとう》しさを覚えたが、意識して旭ヶ丘公園を訪れるようになった。幾度めかの訪問で、その洗濯物を乾した男と対面できた。初老の、波打つ白髪と正反対にやたらと真っ黒けな顔をした男だった。汚れで黒いのではなく、日焼けでとことん焦げているのだった。けれど不潔ではないが、清潔でもないといった微妙なところで、私は彼がホームレスではないかと、漠然と見当をつけた。

彼は私が下着その他洗濯物を盗むのではないかと構えていた。私は誤解をとくために、夕暮れに洗濯物がはためく光景がなにやら不思議な情感を醸しだして、ついついここを訪れてしまうと説明したかったのだが、うまい言葉がみつからず、曖昧な笑みを泛《うか》べてその場をしのぐことにした。

他意がないことが伝わったのか、男は警戒の眼差しを弱め、逆に私を観察しだした。挙げ句の果て、私に問いかけたのだ。――行くところがないのか？

私はいまだにイラン人に声をかけられ、歯茎にコカインを擦りこむ仕種とともに笑いかけられるようなところがある。やれやれと失笑するのだが、おそらくはそういった薬物に対する親和性とでもいうべきものと同様、地べたに眠ることに対する抵抗のなさといったものが密かに滲《にじ》みでていて、同好の士はそれを嗅《か》ぎとるのではないか。

こじつけめいた理屈づけはともかく、Gさんは私が行き場をなくして途方に暮れていると思ったらしい。のちに私の泛べた笑顔が心許なかったといった意味のことを呟《つぶや》いた。Gさんは洗濯物を取りこみながら先輩風を吹かし、とても威張っていた。行くところがないなら面倒見てやるというわけで、そのとき私はどういう態度をとっていたのだろう。だらしなく苦笑しながら頭など掻《か》いていたのではないか。ともあれ誤解されて、私はGさんの子分にされた。

Gさんは痩《や》せて貧相ながら、とても威張っていた。このあたりの、つまり旭ヶ丘公園、若狭《わかさ》公園、そしていまの地図によると若狭海浜公園となっているが当時は若狭緑地と呼ばれていたあたりの乞食の親玉といったところだった。けれど、それだけではない。インテリなのだ。どちらかというと屁《へ》のつく理屈をこねまわすのが大好きで、その喋《しゃべ》りだけを聴いているとGさんは世界の王様だった。なぜか私はGさんに気にいられ、このあたりの公園で暮らす権利を得たのだった。

第三十章　波之上でアウトドア・ライフ（2）

いまから三十年近く前の、私が二十代前半のことだ。某運送会社でアルバイトをしていたことがある。いっしょに働いていた大学生のKが、かなり長いあいだ沖縄を旅行し、とある離島の女の子を連れてもどった。理由は判然としないが、島で虐待にあっていたらしく、彼女の腕などにタバコの火を押しつけられた痕《あと》などが残っているといったことをKは問わず語りに語った。断片的に語られる離島の女の子のイメージは私の想像のなかで勝手にふくらんで、羨望《せんぼう》を抱いたものだった。

ところが、ある日、実際にその女の子が職場にあらわれた。イメージしていた美貌《びぼう》のかけらもなく、私は失笑と同時に、こんどは得体の知れぬ優越を抱いたものだ。ひとことでいえば濃い、とされる容貌の持ち主の女の子だった。鼻翼が大きく拡がっている、南方系の顔立ちでもあった。けれど偽善が得意な私は、Kから多少は聞きかじっていた沖縄のあれこれや離島のことなどから、過剰に優しく彼女に接した。

困惑させられたのは、彼女の喋《しゃべ》る言葉がほとんど理解できなかったことだった。勝手なことを吐《ぬ》かすなと叱《しか》られるかもしれないが、たとえば東北に出向いて土地の訛《なま》りで捲《まく》したてられると、言っていることがほとんど理解できないことがある。訊《き》きかえすにも限度というものがある。そういったときには満面の笑みを泛《うか》べて適当な相槌《あいづち》を打ってやりすごすのだが、あとで覚える疲労感の重さはなかなかのものだ。

彼女が職場にまであらわれたのは、Kが言うには、寂しいからであった。アパートに独りにしておくと、独りは怖いと、さめざめと泣くという。思いあまって作業現場にまで連れてきてしまった、というわけだ。

私たちアルバイトは深夜作業に従事していた。本来の運転手が翌日出勤してくるまでに伝票通りに荷物を積み込み、駐車場の所定の場所に停めておくのが作業内容である。夜間は正社員がほとんどいないので、黙認されるかたちで彼女は毎晩、仕分け棟に入り浸っていた。言っていることが聞き取りづらいなりに皆がちょっかいをだすので、彼女はいつも笑顔だった。小馬鹿にされている気配もなきにしもあらずではあったが、右も左もわからぬ東京で、独りで床のなかにいるよりは気がまぎれたのだろう。笑顔の奥にすがるような色があるのは気になったが、こまめに手伝いをすることもあって女の子はなんとなく職場に居着いてしまった。

ところが、ある日を境に彼女が姿を見せなくなった。「どうしたの」と尋ねたところ、Kは残忍な、けれど泣きそうな顔で「鬱陶《うっとう》しいから、棄ててやった」と告げた。

私はKと気があって、いっしょにマリファナを吸ったりしたこともあるのだが、この日を境に、なぜかしっくりいかなくなり、ある日、作業中に些細《ささい》なことでケンカをした。Kは私に缶の飲料がはいった箱を投げつけられて顔面から出血し、そのまま職場から消えた。私もなんとなくその仕事を辞めた。

私にとっての沖縄との出会いは、このようなものだった。彼女がどうなったかは、与《あずか》り知らぬ。知りようもない。二十代前半の私の生活は荒れ放題で、Kと彼女のことを書くのも、つらいものがあったことは記しておく。素っ気ないとしたら、そのせいだ。

さて、旭ヶ丘公園におけるアウトドア・ライフの顚末《てんまつ》だ。もとより地べたに眠ることに抵抗のない私は、虫刺されには難儀したが、それをのぞけば思いのほか快適な野外生活を送ることができた。もっとも、その大きな理由は、Gさんという実力者の庇護があったからだろう。生存競争は、なかなかに苛烈で、弱肉強食を絵に描いたような旭ヶ丘公園のアウトドア・ライフである。

ときどき浮浪者をうらやむ言葉を耳にすることがある。こういうときにかぎって、安易に自由という言葉を用いる者が多い。たいがいは日々の勤めに倦《あ》いて二、三日の逃避を夢見ている程度であるから、自由なる御大層な言葉がすらりと口をついてでるのだろう。

現実は厳しい。餌場《えさば》(全国共通語なのだろうか。新宿周辺のホームレスに取材したときも、そう言い習わしていた）と呼ばれる縄張りが厳然としてあり、松山の繁華街からでるゴミひとつとっても勝手にいじることのできるものなど、ない。労働と無縁にみえても、実体は定職に就いていない（あるいは、就くことが難しい）だけといったニュアンスで捉えたほうが正確なホームレスの世界だ。

人は食べなくては生きていけない。

この単純な事実に、よりシビアに直面するのがホームレスの生活で、食べなければならぬ以上、過酷な生存競争から逃れられるはずもないし、底辺であるからこそ、より過酷な現実が待っているということである。

それでも沖縄のホームレスは凍死のおそれがないこともあり、たしかに本土のホームレスよりも多少は気が楽な部分はあると思う。けれどそんな比較は、私が皇族よりも不安定な生活をしてはいるが、多少は自由に動けるであろうといったものと大差なく、あまり意味のあることでもない。人には人それぞれの生きるつらさがあると言い直したほうが正確かもしれない。

イジメに類することはホームレスのなかにも蔓延《はびこ》っていて、底の底で人々はある種のモラルさえ喪い、悪意を醸造させる。あるいは圧倒的な無気力に陥り、生命の維持さえ面倒に思うようになるようだ。それらをいちいち列挙する気にはなれないが、もし自由人に限りない憧れを抱いているとしたら、それは妄想の類であるから、いまの生活を守ったほうが身のためであると書いておこう。

私はGさんの顔を真正面から見るたびに、微妙な懐かしさとでもいうべき思いにとらわれた。Kの彼女は太っていたというわけでもないが、充実した肉体を誇っていた。Gさんは痩《や》せていたが、彼女のもつ雰囲気にとてもよく似た顔貌をしていたのだ。

飲めないわけではないが、私は酒を断っている。だから嘘をついて、夜毎の酒盛りに供される、松山から持ち帰った得体の知れない混合酒を遠慮して、酔いのまわってきたGさんにさりげなく訊いたところ、Gさんは八重山の出身だった。Kの彼女も八重山の小島の出身だった。

私の質問には、それ以上の他意はなかったのだが、Gさんは質問を深読みしたのか、あるいは抑えていたものが質問によって解き放たれてしまったのか、黄ばんだ膿《うみ》色の目脂《めやに》がこびりついた、見事に据わった赤い目で、沖縄本島の人間の八重山への差別に対する呪詛《じゅそ》を語りだした。Gさんに言わせれば、自分がうまく行かずにこういう具合に落ちぶれたのも八重山差別のせいであるということらしく、素面《しらふ》のときにみられる、多少は理屈っぽいのが玉に瑕《きず》だが、あの高踏的な気配はきれいに消え失せて、愚にもつかぬ呪いの言葉を吐きつづけるのだった。

さらにGさんは、琉球独立についてを延々と語りだした。私はこんなところで突出したナショナリズムに出会うとは思ってもいなかったので、Gさんを焚《た》きつけ、好き放題に話させた。酔いのまわったGさんの語る反日琉同祖論（もちろん日琉同祖論自体が、いわばファンタジーにすぎないのであるが）は素朴かつ支離滅裂な感情論の域をでるものではなかったが、けれどヤマトと一緒にされたくないという強烈な嫌悪は沖縄本島の人間に対する現実的呪詛とはまたべつの、精神的嫌悪としてひしひしと私の肌に刺さり、やがてはあれほど嫌っていた本島の人間との共闘さえ厭《いと》わぬ琉球人としての血の滾《たぎ》りを切々と訴えだしたのであった。もっとも実現性のない戯《ざ》れ言《ごと》に耳を貸すのは素面の私だけで、最初のうちはGさんに合わせて熱く語っていた他のホームレスたちも三々五々散っていき、けっきょくのところGさんも含めて、誰も本気で琉球独立など考えていないことが顕《あきら》かになってきたのだった。

公園であるから、焚き火などはもってのほかで、ここにいることを黙認してもらうために掃除までしているホームレスたちである。視力が落ちているのだろう、Gさんはシケモクに火をつけ、その火で私の顔を確かめる。すこし意地悪な気分の私が「Gさんはそういうけれど、俺はヤマトの人間だ」と呟《つぶや》くと、「いいんだ、おまえは、いいんだ」と標準語で呟きかえすのだった。私はGさんの共産主義的コミューンを想わせる琉球独立の青写真をなぜか切ない気持ちでおおむね黙って拝聴し、ときに挑発の言葉を投げかけた、というわけである。

それにしても八重山のちいさな島（私はこの島の名をいまでも記憶しているが、あえて記さずにおく）でKの彼女の腕や軀《からだ》にタバコの火を押しつけたのは、いったいどのような人物なのだろう。もちろんタバコの火に至る以前に、そしてその後も相当の暴力が彼女に加えられたのは想像に難くない。私は彼女とそっくりの顔貌のGさんを見つめながら、Gさんが意味もなく彼女を折檻《せっかん》し、暴行を加えるところを妄想した。

それにしても弱者の最後の拠りどころがナショナリズムというのはヤマトも一緒で、空虚な軸としてのナショナリズムは、それを熱望する者にとって、圧倒的に強固な太い柱に見えるのだろう。それは日琉同祖論など比較にならぬリアルなファンタジーの体系なのかもしれない。

ここで明らかにしておくが、私はこの空虚なファンタジーを希求する者の側に立つ。充たされた者たちは文化人も含めて、せいぜいファンタジーを利用してくれ、と倣岸《ごうがん》に言い放っておこう。ファンタジーを愉しめぬ者たちと一緒にされたくない、というのが私の本音である。あえて自負を開陳しておくが、私はあくまでも小説家なのだ。

大仰なことを勢いで書いてしまって、やや気恥ずかしい。けれど羞恥《しゅうち》を含めて私の本音であるから削らずにおこう。

潮騒や海鳴りよりも、橋上をいく自動車の走行音のほうが耳にとどく旭ヶ丘公園の深夜である。御大層といっていい琉球独立を捲したてるのに疲れたGさんがぽつりと言った。

「菊酒の祝のころか。もう、すぎたか」

私といるときはこれほど酔っていても標準語で喋るGさんであった。菊酒の祝とは八重山の神事だろうか。調べる気がないのは、詳細を知ることによって私のなかの心象が微妙に変形させられるのが嫌だからだ。菊酒とは、まさか清酒の名でもあるまい。私の菊酒に対する心象は明かさずにおく。ただ、こう呟いたGさんの白くなってしまった睫毛《まつげ》を濡らすものは、そのとき覚えた私の心象の菊酒の揺らぎと重なって、するともう言葉もなくなって、Gさんも私も俯《うつむ》いて、黙って波之上橋の上をいく車の軋《きし》みのまじった裂くような音に耳を澄ますのだった。

私の波之上アウトドア・ライフは一週間ほどで終わった。ある日、私はさりげなくGさんのもとを離れ、ホテルにもどった。仕事もあれば連絡事項もある。偽ホームレスの限界だった。もちろん肉体的、精神的に限界を迎えたのではない。まがりなりにも社会人の端《はし》くれであることの限界といっていいし、小説家として餌を漁《あさ》るだけの無為に耐えられなくなったということもある。とはいえ昼間のRホテルにはいられないから、私は城岳《じょうがく》公園に出向き、手書きで〈針《ニードルス》〉の構想を練ったのだった。

それにしても——。

Gさんと知り合ったことにより、私は完全に沖縄を特別視することができなくなった。幾度も繰り返したことではあるが、人は北極に生まれようが東京に生まれようが沖縄に生まれようが人なのだ。沖縄の内部に澱《よど》んでいる矛盾も尋常でないが、ヤマトとの関係における沖縄の過去から現在、そして未来に続く矛盾に対し、沖縄の人間はいい人扱いされて満足していないで、もうすこしちゃんとした言葉、本音を我々ヤマトの人間にぶつけるべきなのだ。その言葉は知ではなく情に訴えかけるものであるべきだし、もっと喧嘩腰であるべきだ。一度は我々をねじ伏せる必要があるのだ。けれどGさんはインテリなので、どうも言葉が弱い。理屈が過ぎる。理知で語るから、論破されてしまう。必要なのはもっと直截に投げつける言葉である。

そんな逆モヤモヤとでもいうべき思いを胸にしていたとき、光文社の編集者、田中君から一冊の本を送ってもらった。河出書房新社・渡辺尚武《なおたけ》著〈網走五郎伝〉である。

巻末の略歴によると渡辺尚武氏は北海道生まれで天井棧敷に在籍し、現在は沖縄護国神社の神主であり、沖縄県の若者にボクシングを教えている——と、書くとなかなかおもしろそうな人生を歩まれていますね、といった感想をもたれて終わってしまいそうだが、実際は泳いで北方領土にわたってソ連で収容所生活を送り、次は沖縄から尖閣《せんかく》列島へ手漕ぎボートでわたるという途轍《とてつ》もないムチャをした方である。

私はこの本を読んでいて、その最後のほうでようやく納得できる沖縄の人間の言葉に出会った。引用させていただいて終わる。

——具志堅用高など一人で三十名以上の全国チャンピオンを出している沖縄の天才指導者・金城真吉氏は「ヤマトに負けるな！　ヤマトをぶち殺せ！」を合い言葉としている。そこには沖縄の「ヤマト」に対する強烈な憎しみが込められているのである——

我々ヤマトの人間は、文化人を含めて、まったくもっておめでたい。移住だ？　楽園だ？　リゾートだ？　心せよ。琉球の拳には恨みが込められている。

ヤマトをぶち殺せ！

これこそが、沖縄の人々が我々に放つ正当にして、唯一の言葉だ。この言葉をGさんから聞くことができなかったのが、私の唯一の心残りである。

後書き

いささか過激な、しかもあまり触れてほしくないことばかり書かれていて、沖縄県民のなかでも良識的な方は、まさに眉を顰《ひそ》められたことでしょう。けれど、私は、そういう良識ある貴方が大嫌いだ。大げさな言い方をすれば、良識ある貴方の行いは、歴史が証明している。良識ある貴方は、いざとなると八重島特飲街をつくるのだ。池田勇人と同じ発想をするというわけだ。

沖縄の自然は美しい。けれど、それは沖縄県民の人格とはなんら関係がない。同様に北海道の自然も美しいけれど、それは道民の人格とは無関係だ。私は実際に北海道に住んでしまったから断言できる。人格は個々人の問題であり、景色との相関関係はない。成人の日になると、美しい自然に囲まれて育った沖縄新成人のバカ騒ぎが全国的にニュースで報道される。私は、しょうがねえなあ——と苦笑いしているけれど、沖縄礼賛の文章を書いているくせに、あれが沖縄の奴のほんとうの姿だよね——と軽蔑しきった表情で嘲笑《あざわら》った物書きを知っている。

美しい海を目の当たりにして心を洗われるのは、よくわかる。けれど美しい海と美しい人格を混同できてしまう人の脳の構造がよくわからない。情緒的すぎるし、じつは相当に身勝手な発想だ。海が綺麗だから、そこに住む人もよい人という括《くく》りは、ハワイの人は波乗りばかりしてのんきでいいねというのに似て、どことなくバカにした物言いであり、差別臭くないか。人であれば喜怒哀楽があり、よい面もあれば悪い面もある。誰だって幸せになりたくて足掻《あが》いているのに、美しい海があるというだけで、幸福であると決めつけられてはたまらないだろう。

私は沖縄が大好きだ。

けれど、あまりにも腑甲斐ない沖縄に苛立ってもいる。腑甲斐なさまで含めて沖縄が好きだが、それにしても、そろそろちゃんと意思表示をしてほしい。あなた方に欠けているのは、倦《う》まず弛《たゆ》まずといった持続的な主張、あるいは怒りの持続だ。

この後書きを書いている最中にも、教科書検定で、沖縄戦における集団自決を日本軍が強制したとの記述が削られたことに対する県民大会の報道があった。集まって気勢をあげて、それで収束してしまわぬように。沖縄県民ひとりひとりが怒りを持続させよう。黙っていては、伝わりません。いい人扱いをされて、丸め込まれないように。

私が言うのも図々しいのだが、あなた方の同胞である女性が、沖縄で、そして関西で、あるいは他の土地で軀《からだ》を売らずにすむようになることを願っています。

もちろん、この問題は日本という国家の問題であり、さらには世界規模の問題です。けれど、まずは、あなた方の身近な女性たちについて考えてみてほしい。

職業選択の自由として、つまり銀行で働くこともできるけれど、わたしはあえて売春を選びますという女性だけなら、なんら問題はありません。個人の選択の問題にすぎませんから。けれど大きな経済の流れのなかで、否応なしに売らざるをえない彼女の情況をなんとかしなければ、沖縄の本質的な情況も変わらない。彼女たちの問題を、個人的な問題であると頬被りするのは怠慢であるばかりか卑劣です。

花村萬月

二〇〇七年一〇月一〇日

花村萬月（はなむら まんげつ）

一九五五年東京生まれ。サレジオ中学卒。八九年『ゴッド・ブレイス物語』で第二回小説すばる新人賞を受賞し、デビュー。九八年『皆月』で第一九回吉川英治文学新人賞を受賞。同年、大長編『王国記』の序にあたる『ゲルマニウムの夜』で第一一九回芥川賞を受賞。著書に『ブルース』『風転』『鬱』『守宮薄緑』『虹列車・雛列車』『百万遍』『私の庭』『錏娥哢奼』『父の文章教室』（集英社新書）などがある。

沖縄《おきなわ》を撃《う》つ！

二〇〇七年一二月二一日 第一刷発行
二〇〇八年 一 月二六日 第三刷発行

集英社新書〇四一五D

著者……花村萬月《はなむらまんげつ》

発行者……大谷和之

発行所……株式会社集英社
東京都千代田区一ツ橋二-五-一〇 郵便番号一〇一-八〇五〇
電話 〇三-三二三〇-六三九一（編集部）
〇三-三二三〇-六三九三（販売部）
〇三-三二三〇-六〇八〇（読者係）

装幀……原 研哉

印刷所……大日本印刷株式会社 凸版印刷株式会社

製本所……加藤製本株式会社

定価はカバーに表示してあります。

ISBN 978-4-08-720415-5 C0226

Printed in Japan

a pilot of wisdom